EN LETTRES **D'ANCRE**

SIRI RANVA HJELM JACOBSEN

ÎLE

roman

Traduit du danois
par ANDREAS SAINT BONNET

BERNARD GRASSET
PARIS

L'édition originale de cet ouvrage a été publiée en 2016
par Lindhardt og Ringhof Forlag, sous le titre :

Ø

Ce livre a été publié avec le soutien
de la Danish Arts Foundation

Danish Arts
Foundation

Couverture : © Gettyimages

ISBN 978-2-246-81983-7

Come on girl
let's sneak out of this party
it's getting boring

Björk

ÎLES FÉROÉ

STREYMOY
Gásadalur
Bøur
MYKINES
Sørvágur
VÁGAR
SVÍNOY
Klaksvík
BORÐOY
Mjørkadalur
Tórshavn
SUÐUROY
Tvøroyri
Vágur
Vágseiðe

Suðuroy

Elle se tient dos aux arbustes de la plantation, son regard longe le flanc de montagne jusqu'au village, bleu dans la nuit d'août, et les moutons semblables à des pierres dans les herbes galopantes. Plus loin, la mer dort. Le fjord de Vágs est calme, ses tons cobalt se confondent avec le ciel au-dessus de l'horizon tiré au cordeau, formant une ligne entre les terres sur laquelle seuls les fantômes et les légendes peuvent vagabonder.

Elle ferme les yeux. De toute sa jeune volonté, elle suit le chemin bleuté : par-delà les îles Shetland et les massifs montagneux de la Norvège, droit à travers le Cattégat et au-dessus du plat pays du beurre, des champs, des fermes – jusqu'à cette ville de province sjælandaise où Fritz dort sans doute profondément.

Marita, elle s'appelle. Bientôt, elle partira en voyage, et ceci est son point de départ : Suðuroy, l'île méridionale des Féroé. Ici, les fjords sont profonds et les montagnes acérées. Le paysage est plus bosselé et escarpé que celui de l'île où Marita est née, Vágar, mais c'est le premier que l'on rencontre lorsque l'on vient du monde extérieur.

Dans le pays vers lequel elle rêve, il y a une voie ferrée. Elle imagine les rails qui s'écoulent à travers les terres habitées. Des gens qui filent à toute vitesse. Prendre un train. On peut descendre où on veut. Dans une ville peut-être. Une autre ville. Ou une forêt, encore.

La plantation est isolée en altitude.

Les pins sont jeunes et maltraités. Battus par le vent.

Elle tend l'oreille.

D'ici-haut, le village a l'air minuscule. Les maisons dorment tournées vers le fjord. Pâles comme les crânes de nouveau-nés, les toits se découpent à peine dans la lumière bleu sombre.

Le fjord de Vágs est étroit, oblong, une saucisse d'eau entre les falaises grignotées par les courants marins. *Au revoir*[1], fjord de poupées, pense Marita. *There is more to life than this.*

Elle veut remonter sa robe, prendre son élan, faire un bond dans le temps. Sauter les étapes intermédiaires : les adieux, le voyage. Elle est dès à présent dans le nouveau pays, elle descend dès à présent une rue pavée et entre dans une maison qui sent le bois, et là se tient son fiancé, là se trouve Fritz qui, comme si pas un instant ne s'était écoulé depuis la séparation, lui dit : « Ah, te voilà. » Aussi simple que ça.

Elle crache. Le goût de résine emplit la bouche, irrite les gencives. Elle a mordu dans une pomme de pin, un peu plus tôt. Ça a grincé dans toute sa mâchoire. Ses dents broyaient et écrasaient pendant que sa main et le fil de fer faisaient ce qu'il fallait.

Le vent agitait les branches des arbres. Les aiguilles couleur de rouille tombaient.

Là, sur le sol.

Maintenant, un moment a passé, elle s'est levée, elle se tient debout. Derrière l'horizon, la

---

1. Les mots en italique et suivis d'un astérisque sont en français dans le texte (*NDT*).

mer rompt avec le soleil. Des teintes rouges crépitent au loin. Les ruisseaux frémissent, la cascade bourdonne. Elle doit descendre. Elle bouge son bassin d'avant en arrière. Pendant un court et bête instant, elle craint qu'un bout du fil de fer ne soit resté accroché.

Marita porte déjà ses vêtements pour l'église. Si prévoyante a-t-elle été, et si froide, diraient certains, avant de monter dans l'obscurité. Sa robe est jolie et la coupe moderne, elle l'a dénichée dans un magazine danois. Marita coud. Elle copie les patrons, rêve des manches et ampleurs de jupes qu'elle mesure à l'œil. Elle s'est longtemps vêtue comme quelqu'un qui serait destiné à autre chose qu'à l'usine sur le port, qu'à un quotidien dans le poisson. L'odeur âcre des chaussettes en laine dans la salle des fêtes. Au village, certains disent qu'elle se croit meilleure que les autres. Les mêmes entendent par là qu'elle ne l'est pas, au contraire. Marita le sait. Elle tient pourtant à eux, à l'instant, comme on tient aux gens qu'on est sur le point de quitter.

Le vent vient caresser la peau de son visage, humide de sueur. Les premiers pas de la descente sont autant de décharges qui remontent le long de ses jambes, de la plante des pieds jusqu'au bassin. Ses muscles se contractent. Compriment ses muqueuses, les tissus blessés.

Il faut qu'elle marche, maintenant. Elle marche.

La pente s'adoucit à l'approche des premières maisons. Une partie de l'herbe dans le champ est toujours haute, le reste est déjà réparti en tas épars. L'odeur appétissante, sucrée, qui se détache des brins allongés, se hisse dans les airs et vient picoter la langue. Une fragrance verte de peau nue, de roulades dans un pré. Marita passe au travers. Son bas-ventre lui semble lourd, dur. Elle a l'impression d'avoir comme une pelote hérissée d'aiguilles en elle.

Dans la partie haute du village, les maisons s'égrènent le long du pré, sur le flanc de la montagne. De nombreuses années plus tard, le papé, mon grand-père maternel, planterait son doigt sur l'une de ces maisons, sur une vieille photographie en noir et blanc, et dirait : « Là. C'est là qu'on habite. » Il expliquerait que la maison trône au-dessus des autres constructions parce qu'elle est aussi ancienne que belle.

Encore dix ans plus tard, pleine d'hésitation, je tenterais cette même explication auprès de ma mère et ma grand-tante Ása, dans une cuisine blanche construite sur les mêmes fondations que le bâtiment longé à ce moment, sans un bruit, par Marita. Elles riraient un peu, ces dames sages autant qu'âgées, et grand-tante Ása secouerait la tête. « Ah, oui… »

La maison a la montagne dans la nuque, elle est un peu bossue, pas belle pour un sou, juste solidement bâtie. Le mur, sur son socle de pierre blanchie, fait de l'ombre à Marita. Elle se recroqueville légèrement sur sa chair. Ses palpitations pourpres. Elle se mordille les lèvres pour y ramener un peu de couleur. S'essaye à sourire.

Le village se réveille. La cloche de l'église lance son appel par-dessus le fjord. Depuis le port et les maisons, les gens se dirigent vers elle, d'un pas endimanché. Mais il y en a un qui remonte le courant et marche dans une direction folle, fausse. Marita l'aperçoit. Elle ne sourit pas. Ils se croisent à pas courts et rapides. Quelques instants plus tard, seulement, elle a envie de rire.

L'homme est inhabituellement court sur pattes, même pour un autochtone. Il continue son chemin en direction du cap à l'ouest des habitations, une canne à pêche sur l'épaule à la manière d'un fusil. Alors que la plupart des autres pêchent au fil, Ragnar le Rouge, lui, s'est procuré cette monstruosité et ne pêche maintenant plus autrement. Au village, on dit qu'il n'est jamais à court d'idées saugrenues.

Ragnar, le grand frère de mon papé, est un menuisier sans qualification, comme son père. Malgré quelques bruits qui courent, et qui ne tomberont heureusement jamais dans l'oreille des services de renseignement américains, il est le seul communiste de l'île. Ou du moins, le plus flamboyant.

Le fait qu'il ne mette pas le pied à l'église sauf pour les enterrements ou les baptêmes est assez parlant en soi. Et bien qu'il laisse à contrecœur le travail salarié de côté le dimanche, perdre toute une journée en bondieuseries est au-dessus de ses forces.

« Si le poisson ne doit pas mordre, aurait-il dit entre autres, Jésus se chargera bien lui-même de lui enlever les dents. »

Il atteint maintenant le lac situé entre le village et le massif à l'ouest. La canne à pêche ondule sur son épaule, élastique. Il avance énergiquement sur ses courtes jambes le long de l'eau grise et plate. Son visage est fermé, ses lourds sourcils noirs semblables à un rideau de fer.

Ragnar est plus petit et trapu que ses frères et sœurs. Plus sombre, aussi. Sa barbe est noir de jais, et sa poitrine drue de touffes de poils en bataille qui se hissent jusqu'autour de son cou. On raconte qu'il serait en réalité le fils d'un marin espagnol s'étant perdu sur l'île au fil de détours maritimes. D'autres ragots rapportent encore que sa mère, dans sa jeunesse pure, s'était perdue dans la montagne et en était revenue avec un changelin dans le ventre.

Il est vrai que Ragnar a la tête pleine d'idées folles, et que son visage large et viril possède une beauté qu'il n'a en aucune façon héritée de son père. À l'instant, il y a une légère douleur dans ses traits. Il lève la tête, vers le vent.

Pendant que Ragnar dépasse le lac, Marita s'immisce dans la foule qui murmure devant l'église. Elle aime bien les yeux de Ragnar, profondément enfoncés dans leurs orbites et ombragés de ses sourcils d'encre. Elle a connaissance des pensées qui s'enchaînent là-dedans. Elle sait que ça crépite. Sa curiosité. La peau de Marita est ouverte, les pores autant de petites cheminées par lesquelles le monde entier s'infiltre, s'installe. Elle le porte en elle. Ragnar arpente sans doute le sentier jusqu'au cap à présent, où le paysage s'élève un peu, et où le vent pétrit les herbes hautes. Il a ses idées, mais il ne la juge pas.

La dernière messe dominicale avant le départ de Marita a une faible odeur de béton neuf. L'église a été inaugurée au cours de l'hiver. Le froid et l'humidité coulés dans ses fondations. Le bois des bancs grince. Une fois tout le monde assis, la piété advient.

Marita écoute son pouls derrière ses tempes. Le fil de fer a entaillé le col de l'utérus. De petites coupures aiguës. Le banc est dur. La sensation d'aiguilles s'étend, le long de sa colonne vertébrale, descend dans ses cuisses et ses mollets. Elle se répand avec la circulation du sang. Elle a besoin d'uriner. Pour le moment, elle se contente de secouer les pieds, tape ses tibias contre le banc devant elle, repousse la sensation comme elle peut.

La délivrance ne se produit pas instantanément, ça prend du temps. L'inflammation fait son œuvre. Copenhague est à trois jours de bateau. Chez elle, la valise est prête.

Le curé déroule son lourd duvet de palabres danoises sur les rangées de bancs. La voix du prédicateur est monotone, un ronron solennel.

Avant cette construction, et avant la précédente, le village abritait une église légendaire. Marita a entendu dire qu'une riche veuve en avait fait don aux résidents, et qu'on l'avait amenée sur un radeau depuis la lointaine Norvège. Il faut la voir de ses yeux. La Maison du Seigneur sur la mer. Les mouettes blanchissent la tour de leurs ailes, et le clocher hennit de sa voix métallique dans les étendues vides. L'église ballotte comme un bouchon de liège sur les vagues. Sans but. Libre.

La nouvelle église de béton, on n'en parle pas de cette façon. Elle résonne un peu, lourde comme un âne mort. Marita surveille son souffle. Elle frotte ses cuisses dissipées. Au-dessus des têtes courbées, la nef navigue sur ses deux lignes. Les voix de la congrégation, leurs écharpes et leurs châles de laine autour d'épaules ensommeillées, se fondent en une barbotine gris-noir. Le navire vogue maintenant sur une surface d'ardoise frémissante. « Dans ta mort il y a déjà l'image », chante l'assistance. « Ma résurrection approche », mime Marita qui dérive sur la mer grise, debout sur son radeau de fil de fer.

L'arrivée

Nous avions atterri à l'aéroport de Vágar dans la matinée.

Plus tôt, au-dessus de l'Atlantique, j'écoutais les voix dans la cabine. Le pilote islandais qui parlait danois et féroïen avec le même zézaiement un peu moite. Le ton particulier des autochtones de Suðuroy. Celui plus circonspect du fjord au nord. Je m'efforçais de comprendre les échanges ensommeillés entre les sièges. Je repensais au jeune musicien féroïen, dans cette auberge enfumée de Christianshavn, qui s'était penché en avant pour dire : « Toi ? Tu ne sais même pas prononcer ton propre nom.

— Parlez autant que vous voulez, avait répondu Bára, mon amie est à moitié féroïenne. »

Le trajet qui relie Kastrup à Vágar est court, mais l'approche de l'île semble interminable. Les montagnes s'appuient lourdement sur la machine. La verdure emplit les hublots. Elle rampe vers nous. J'avais fermé les yeux pendant les dernières minutes. Quand il y a des moutons, on a tout juste le temps d'apercevoir leurs pupilles jaunes, une fraction de seconde avant que l'aile de l'avion ne passe devant. J'avais eu droit à un schnaps, puis à un autre. Cela grince encore dans mes oreilles.

Dès l'instant où nous nous étions échappés de l'avion, la Tarentule et moi étions partis en quête d'un endroit où fumer.

Mère avait parlé des bagages avant de disparaître.

Un peu plus loin, juste sous un large panneau indiquant INTERDICTION DE FUMER, une bande de Féroïens fumait. L'un d'entre eux avait apporté un cendrier. Un lourd cendrier blanc crème. Leurs paroles s'envolaient avec la fumée.

On s'était organisés en cercle autour du bras tendu équipé de porcelaine. Je montrai mon briquet comme un ticket de plastique orange, et on nous laissa entrer.

On parlait politique. Une femme en chandail blanc soutenait que le fait que les Îles Féroé aient eu le bon sens de se tenir éloignées de l'Europe était une excellente chose. Ce bazar qu'est l'Europe. Elle expira la fumée par le nez d'une façon pleine d'autorité. Tous dans le cercle hochèrent la tête. Une petite dame en imperméable bleu acquiesça avec un « ah, oui », celui qui peut être une question ou bien un consentement inconditionnel. Ici, c'était la deuxième option.

Le hall d'accueil de l'aéroport était d'un blanc grisâtre, sali par le transit. À travers les baies vitrées donnant sur le parking, je pouvais voir la montagne. Un vert profond. Les nuages s'étiraient le long de la glissière de sécurité. J'avais envie d'air. De l'arôme de l'air féroïen.

La Tarentule s'éclaircit la gorge. Son visage planait au-dessus des chevelures du groupe comme un aimable ballon doté d'une barbe complète. Il s'affaissa un peu pour se retrouver à hauteur de regard. Les Îles Féroé, intima-t-il poliment, font quand même en quelque sorte partie de l'Europe. Au sens strict, elles se trouvaient en Europe, et nous autres, ici à l'aéroport, également.

Le cercle de Féroïens enfumés l'observa. Sans animosité.

Personne n'acquiesça.

La femme autoritaire reprit la parole. Elle passa au danois et répondit lentement et clairement, presque avec tendresse, comme si elle s'adressait à un mouton rebelle.

« Non. Ici, nous ne sommes pas en Europe. »

La main de la Tarentule, celle qui tenait la cigarette, plana un peu avant d'entamer une chute hésitante. Les Îles Féroé ne font pas partie de l'Union européenne, aucun doute, ce n'était pas l'Europe dans *ce* sens. Mais d'un point de vue purement géographique ? Si l'on regarde dans un atlas ?

La femme sourit. Un sourire que je connaissais bien chez ma mère. Les femmes l'obtiennent en bonus quand elles ont vécu la majeure partie de leur vie. Le reste du groupe sourit également, autant de variations sur un même thème. Les femmes avec bonté, les hommes un peu timidement.

« Non, dit-elle. Tu as sans doute raison dans beaucoup de domaines, mais là, tu te trompes. »

À l'aide de sa cigarette Prince 100, elle engloba tout ce qui l'entourait d'un cercle vaporeux. Montagnes, fjords profonds et tunnels sombres.

« Ceci n'est pas l'Europe. Ce sont les Îles Féroé.

— *Hette er Føroyar* », répéta un homme en pull de laine.

L'assemblée produisit un léger « ah, oui ».

La Tarentule inspira lentement. Je reculai un tout petit peu et cherchai son pied avec mon talon.

Nous trouvâmes nos valises et la voiture de location. C'était ma mère qui avait eu l'idée de venir ici. Elle avait besoin de revenir après tous ces enterrements, disait-elle. Tous ces adieux. Nous pourrions prendre des vacances ensemble. Rendre visite à la famille. Elle savait bien que c'était moi qui en avais besoin. Je l'avais dit. « Je ne peux même pas prononcer mon propre nom. » Alors, elle avait planifié le voyage.

Lorsqu'on arrive aux Îles Féroé, dès l'instant où les roues de l'avion touchent le tarmac, tout le monde est au courant. Impossible de dire comment. On se contente peut-être de téléphoner à une tante chez laquelle on va habiter, ou on atterrit incognito et on prend une chambre d'hôtel, peu importe. Quand on frappe à la porte, inopinément, chez le frère d'un grand-père, sur une tout autre île, c'est toujours : « Ah, vous voilà. » Ce n'est peut-être pas le cas pour toutes les familles.

Ma mère avait téléphoné à la grand-tante Ása. Il nous fallait nous rendre à Suðuroy.

Plus tard, dans la voiture, la Tarentule ricanait toujours.

« On ne peut quand même pas juste ignorer les faits ! »

Il ajouta autre chose, une histoire de grandes pensées dans les petites communautés, et un mot ou deux au sujet des hobbits des montagnes. Ça n'avait rien d'agressif, mais c'est justement la presque tendresse dans sa façon de se moquer qui fit monter la colère en moi. J'avais envie de donner des coups de pied dans le siège devant moi. Je m'abstins. Au lieu de ça, je marmonnai : « Là où on se sent chez soi, ça n'a pas nécessairement de rapport avec la géographie. Même quand on regarde dans un atlas. »

Le premier tunnel en direction du ferry nous avala. Ma mère se pencha en avant sur le volant. Recroquevillée. Droit dans l'obscurité de plomb.

Départ

Le bateau vers le Danemark part de Tórshavn.

Alors que le fret est chargé à bord, Marita ressent la ville derrière elle, son emprise. Les toits couverts de gazon vert au-dessus de la colline, les ruelles, les déjections des poules. Certaines parties de la capitale sont comprimées en un système nerveux fuligineux, d'autres sont des hameaux verts et touffus. Beaucoup de choses ont une odeur d'enfance, même la tourbe brûlante. Même le poisson plus tout à fait frais.

Elle pense à des boulevards. De grandes avenues ouvertes.

L'anse gainée de cuir de la valise élime la paume de sa main. Elle se redresse un peu. La douleur dans son utérus s'est faite plus vague. Une lourdeur. Aux arêtes vives.

Elle fait un pas en avant et ouvre la bouche : « Bon ! »

Parmi ceux qui sont venus prendre congé d'elle, il y a Ingrún de l'hôtel. Ragnar. Deux filles de l'usine.

Marita prend leurs mains, leurs doigts rugueux de poissonnières. La pensée lui vient qu'elle voudrait les libérer de l'odeur. La détacher à l'aide de baisers, la garder dans sa bouche puis, une fois sur la mer ouverte, la recracher là d'où elle vient.

Elle renifle la senteur de copeaux de savon d'Ingrún et son parfum derrière le lobe de son oreille.

« Vis donc bien là en bas », dit Ragnar sans grande conviction. Il touche l'épaule de Marita d'une main lourde, un peu empruntée. Elle pose ses lèvres sur la barbe de sa joue. Il y a un peu de son cœur dans sa bouche.

Les nombreux livres et pamphlets qu'il reçoit par la poste font partie de ce qui fait de Ragnar le Rouge un sujet de conversation dans le hameau. Il y en a bien quelques-uns qui ont gloussé en cachette devant les timbres venus de France, d'Angleterre ou même de l'Union soviétique.

Mais Ragnar, lui, s'efforce laborieusement à travers le tout à l'aide de son dictionnaire et de son anglais de marin. Là où la connaissance fait défaut, l'imagination doit prendre le relais, mais lui-même prétend qu'il comprend l'essentiel.

Sa main retombe. Il fait un pas en arrière et acquiesce. Sa face semble plus sombre encore qu'à son habitude. Dans le monde, là au-dehors, surviennent des choses qu'il ne comprend que difficilement. Au printemps, alors que les tempêtes de mars hurlaient et malmenaient les charnières à Vágur, le gouvernement espagnol s'effondrait. Ses membres se consolent maintenant de croissants à Paris. Le général Franco siège à Madrid. Ragnar se tient informé, il fait de son mieux, mais il ne sait pas tout. Ça, il le sait.

Les grandes nations grincent, s'abandonnent. Il conjecture plus qu'il ne comprend. Il devine que la croûte du continent se crevasse, que le plâtre commence à suinter.

Mais Marita, elle, s'en va.

Il la regarde traîner sa valise à bord. Il voit ses hanches étroites dans une robe à fleurs, il voit ses cheveux qui s'agrippent aux rebords du foulard. La liberté sous les pieds qui marchent sur le pont. L'eau sous le soleil d'août. La mort dans le ventre de Marita.

Le soleil zigzague, tremble et virevolte d'une façon chaotique à la surface de la mer. Il voit la mort dans le ventre de Marita, et soudain, dans cette mort, il en devine une autre, une autre mort bien plus grande. Elle le heurte comme une odeur d'os moites, de moelle. Il cligne les yeux, tourne un instant son regard vers Tinganes, la maison de bois rouge. Ses yeux ne voient pas le bois, ils voient une fumée brune qui s'échappe de la terre, un monument furieux, la fumée est repue, obèse, des cadavres faméliques déambulent parmi des monticules de chaussures. Il lui semble entendre un grondement accablant, et voilà qu'un nourrisson rieur plante son pied chaussé d'une botte d'équitation sur une montagne de dents en or.

Si la vision résulte d'un trop grand nombre de pamphlets, ou s'il a vu un instant à travers les mailles de la camisole du monde, personne ne peut le dire avec certitude. Mais il est de notoriété publique qu'en ce jour, à Tórshavn, quand le navire s'éloigna du quai, Ragnar le Rouge pleura comme un damné.

La maison au milieu des champs

Lorsque ma omma s'est décidée à mourir, le vent a tourné. Ce soir d'hiver où elle serrait les lèvres et clignait les yeux pour refuser la cuiller de purée, une brume glaciale venue du nord s'insinua dans les champs. Un frimas blanc, plein de secrets, dévorait les chaumes et mâchouillait les branches des arbres pendant qu'omma s'affamait. Plus elle se faisait légère, plus le temps s'alourdissait.

Nous avions pris nos dispositions. Il n'y avait rien d'autre à faire. J'avais déménagé sur le lit d'appoint dans la chambre de mes parents. Je faisais l'école buissonnière de mes études de géologie. Nous nous aidions à vivre les uns les autres en attendant que ma omma arrête de mourir. La Tarentule travaillait à la maison pour que ma mère puisse utiliser la voiture.

Elle faisait la navette entre Copenhague et la maison de retraite dans la campagne, près de Køge.

Il fallait couper les ongles d'omma et dépoussiérer les petites figurines de porcelaine, les angelots boudinés à la dorure usée, les cottages anglais et leurs roses miniatures au-dessus des portes et leur feutre vert au fond. L'univers méticuleux d'omma tel qu'il était : emprisonné dans la chambre carrée avec le lit médicalisé, les couches d'incontinence, l'étagère portant les produits de nettoyage, les relents de sueur des personnes âgées.

À l'extérieur de la chambre, sur le mur, il y avait un petit cadre en plastique transparent. Quelqu'un avait écrit son prénom au crayon sur un morceau de papier inséré de travers dans le cadre.

MARITA, clamait l'écriteau.

Juste en face gisait le salon de télévision. Les vieilles femmes étaient là, dans leurs fauteuils roulants, dans leurs lits roulants. Tout était entaché de miettes de biscuits, d'une odeur douceâtre. Les pichets de jus rouge tiédissaient pendant que les sons s'échappaient de l'écran, et la lumière bleuâtre, jaunâtre, vacillait sur les visages silencieux et ridés.

L'une des dernières fois où j'y étais allée, un verre était tombé par terre et avait éclaté. « Non », avait geint une vieille dame. « Non, non », avait repris une autre. Omma était dans le fauteuil roulant. Elle ne pouvait pas se tourner vers le son. Elle le voulait, pourtant. Ses yeux roulaient et roulaient.

Le soir, quand ma mère était revenue de l'obscurité de l'autoroute, elle avait immédiatement vérifié le téléphone. Que la prise était branchée, que le combiné était bien placé.

Le brouillard s'était installé dans les champs. Un matin, il atteignit la ville. Bientôt, il recouvrait tout le Sjælland. On en parlait à la radio. « Brouillard sur la majeure partie du pays. »

Je me tenais près de la fenêtre de la cuisine.

La lumière de l'éclairage public était enveloppée d'un grain gris, les voitures et les trottoirs invisibles. Dans le bureau, l'ordinateur de la Tarentule bourdonnait. Ma mère était partie tôt. L'appartement semblait flotter dans la grisaille.

Je fis du café. Transportai ma tasse d'une pièce à l'autre. J'ouvris une porte seulement pour rester un moment sur le seuil. Touchai à quelque chose. J'occupai le canapé de mes jambes puis le laissai vacant. Transportai la tasse jusqu'à la douche de lumière sous la lampe près du piano. Effleurai du bout des doigts la touche à l'ivoire égratigné, donnant à toute la rangée l'apparence d'un rictus fendu.

Chez la Tarentule, une odeur de tabac et de trophées étranges et un peu poussiéreux flottait. Sa tendresse pour les *bidules*.

« Tarentule… pourquoi est-ce que tu dois toujours l'appeler comme ça ? », avait demandé une fois Bára avant de retirer une araignée invisible de ses boucles rousses.

« Est-ce qu'il est ton vrai père, au moins ? »

J'aime bien les tarentules. La façon dont elles sont constituées. Le fait qu'elles sont essentiellement faites de pattes poilues qui jurent avec le reste d'une façon presque provocante. Leur physique maladroit, comme dansant, m'a toujours fait penser à la longue démarche un peu avachie de mon père.

« Les araignées ne marchent pas, dit Bára, elles rampent. Dans les pantalons, par exemple, dans les oreilles, ou dans les taies d'oreiller ! »

Ses joues moelleuses et son menton rosissaient de rancune.

Je n'avais pas eu le cœur de souligner que je suis moi-même à moitié tarentule. Mes bras sont de toute évidence trop longs, sans parler des poils noirs et épais qui poussent sur mes doigts. Au lieu de ça, je lui dis que la Tarentule était *ma* tarentule, une chouette tarentule, n'est-ce pas ? J'ajoutai que dans certains pays, les araignées étaient considérées comme des créatures intelligentes et sacrées.

Bára avait haussé les épaules. C'était mon problème. Puisqu'il était mon père-tarentule.

Ses jambes étaient pour le moment pliées sous le bureau.

Il alluma une cigarette et la posa dans le cendrier près du clavier. La fumée s'élevait et roulait autour d'elle-même comme de la crème chantilly. Il ne disait rien, je ne disais rien. Je m'éloignai. M'installai à la table de la cuisine. La radio était éteinte. Le silence marmonnait dans son coin.

Quand l'appel vint, je ne bougeai pas. On décrocha dans le bureau.

« Marita est morte », dit la Tarentule.

Il avait mon manteau d'hiver sur le bras. Lui-même était déjà habillé.

« Viens, on y va. »

Je tressai mes doigts autour de la tasse. Baissai les yeux.

Le trajet était triste, essentiellement de l'autoroute, et omma ne verrait pas d'inconvénient à ce qu'on le prolonge. Juste un peu ?

La Tarentule se pencha en avant et plaça le manteau sur mes épaules. Sa main s'attarda. Puis il quitta la cuisine en laissant la porte ouverte. Je murmurai après lui que de toute façon, elle était morte. Je l'entendis tousser doucement et bouger ses pieds dans le couloir.

« Marita n'était pas idiote », grogna-t-il. Nous étions arrêtés au feu rouge près de Valby Bakke. La tour du zoo se dressait comme un crayon à papier mouillé. Le brouillard s'étendait, abandonné, sur le reste de Søndermarken. La voix de la Tarentule s'échappa de sa gorge, brusque, et même un peu sèche. Je hochai la tête. À l'extérieur, il n'y avait plus qu'une colonne scintillante de vitres de voiture.

« Et elle avait de l'humour, ça oui. T'as juste pas eu le temps de voir ce côté-là d'elle. C'était avant toi.

— Quoi donc ?

— Comment elle était avant.

— Qu'est-ce que tu veux dire ?

— Elle est devenue si triste, vers la fin. »

Je pensai aux mains tachées de jus d'omma. Au gruau de fruits, à la dentelle des fonds de robe dans l'armoire. Aux délicates sandales à talons tressées, aux chaussures dorées qui brillaient dans l'obscurité, longtemps après que omma avait perdu la santé. Toutes ses belles choses.

Le blé avait pour habitude de courir dans le vent, tout autour de la maison dans laquelle habitait omma et le papé, quand j'étais petite. C'était l'été. La maison résidait dans mes week-ends et mes vacances scolaires.

C'est ainsi que j'y pensai : la maison au milieu des champs. Le papé l'avait construite avec certains de ses frères. Jegvan avait lui aussi déménagé au Danemark. Il me semble que Ragnar avait pris le bateau juste pour ça. C'était avant que les billets d'avion ne deviennent abordables, mais après que ma mère eut rencontré la Tarentule. Ces deux-là venaient les samedis de la ville pour aider aussi. La Tarentule pouvait porter des charges importantes, mais il était inutile quand il s'agissait de travailler sur le toit. Il a le vertige. Il en était autrement pour Ragnar.

« Ce petit homme tout carré, entendais-je dire la Tarentule. Il bondissait là-haut, agile comme un bouquetin. »

Ragnar était mort avant ma naissance, mais je sais que ma mère et la Tarentule l'appréciaient. Je tenais donc à lui moi aussi. En fait, j'aimais bien les quatre frères du papé. À la fois ceux dont je me souvenais et ceux que j'avais dû inventer moi-même, colorier à partir des traits que j'avais. Il y avait le majestueux Jegvan, le capitaine. Arni aux joues rouges, à qui la polio avait volé sa mobilité. Kalle-la-Guibole et puis Ragnar.

Mais la maison au milieu des champs, elle, trônait joliment, un peu réservée, au sommet d'une pelouse en pente douce descendant vers le myosotis, aussi appelé *ne m'oubliez pas*, vers la route de campagne et les blés qui ondulent.

Omma et le papé l'avaient quittée il y a bien des années. D'abord pour un endroit plus petit, puis pour un logement pour personnes âgées, adapté aux personnes handicapées, aux portes dénuées de chambranle et aux toilettes équipées d'accoudoirs. À chaque déménagement, le jardin du papé s'amenuisait. À la fin, il ne s'agissait guère plus que d'un mince parterre le long d'un mur, une parcelle dans le potager commun de la copropriété.

Mais la maison au milieu des champs, le foyer primordial, avait comme suivi. Son parfum et son mobilier. L'idée qu'elle n'était pas quelque part à m'attendre ne m'avait jamais frappée avant cet instant.

La Tarentule alluma la radio. De la musique classique sur P2. Un violoncelle qui sanglotait tout au fond de mon ventre.

Je fis la liste des choses auxquelles je devais dire au revoir :

Les escargots. Les tulipes en rangs disciplinés le long de la pelouse. Les vers de terre bouffis qu'on pouvait mettre sur un hameçon. Les buissons de mûres, les rangées de patates, les groseilles, les fraises. Les fleurs du printemps et celles de la fin de l'été, le tout soigneusement calibré et entretenu.

Chez ma omma : le gaufrier, la turbotière, un résidu cristallisé au fond du réfrigérateur, comme un arc-en-ciel glacé.

Le schnaps reposait dans la carafe en cristal du papé, sur la bibliothèque. Impossible d'y penser sans évoquer un autre souvenir : la fragrance fraîche et un peu moisie de la cave à pommes de terre cachée sous le sol du cabanon de séchage.

Le papé ne buvait pas, il allait dans le cabanon de séchage. Personne n'aurait osé dire le contraire. Il avait juste quelque chose à faire. Certains soirs, il avait beaucoup à faire. La porte de la terrasse s'ouvrait et se refermait un certain nombre de fois. Aux alentours de mon heure de coucher, on pouvait entendre la trappe de la cave se faire chahuter, et cette trappe pouvait faire un sacré bazar ! Sans compter la carafe glissante comme un poisson qui parfois échappait aux doigts qui la tenaient. Cling ! On ne s'en formalisait pas. On faisait une dernière partie de Yahtzee et on avait le droit d'emmener le magazine *Hjemmet* à l'étage, jusqu'au canapé-lit avec sa couverture à fleurs.

L'alcoolisme est un tabou étrange, comme le sexe, comme la visite aux toilettes. Les hommes buvaient. Certains plus que d'autres. D'autres ne buvaient pas du tout, mais ils étaient alors soit des saints, soit des rescapés. Quand les femmes buvaient, ce pouvait être un problème. Les femmes ne buvaient pas, elles prenaient des cachets. Des comprimés de vacances. Je pensais parfois aux pupilles d'omma. Ça s'était arrêté dans les années quatre-vingt. D'abord, la conscience des drogues avait atteint les villes, où nous autres voyions déjà les conséquences. Puis les banlieues. Puis la campagne. Le phénomène devint inconvenant, et les femmes arrêtèrent de prendre des amphétamines, du Diazépam. Celles qui arrêtèrent.

Dans le salon, il y avait le mobilier Wegner. Le porte-journaux en teck courbé, avec *His & Hers*, *Ekstra Bladet* et *Familie Journalen*.

J'étais là, dans la voiture, et je me sentais nostalgique du toucher frais et lisse de la porcelaine peinte par les mains précises et expertes d'omma. Du panier avec ses aiguilles à tricoter et des fils de laine brune qui picotaient mes bras pendant qu'omma les roulait en sphères compactes. Les petits mouvements secs de ses poignets. Les piteuses saucisses qui résultaient de ces moments où nous échangions nos rôles, où elle tenait et je roulais.

L'horloge du salon était immense. Les contrepoids se balançaient mollement, en produisant un cliquetis de laiton contre laiton quand l'heure était pleine. Le son des couples anciens.

Le couteau en os de globicéphale était suspendu sur le mur de l'escalier, sous l'étagère portant le perroquet de mer empaillé. Les yeux de verre fixaient la semi-obscurité d'un regard fou, arriéré. Nous autres enfants rêvions tous qu'il nous appartienne un jour.

Devant la télé reposaient parallèlement les deux fauteuils de velours, deux rails de chemin de fer dirigés vers l'écran. Je marmonnai une sorte d'au revoir aux dévotions matinales accompagnées du journal de la radio et à celles de l'après-midi, avec *Glamour*, du thé noir et des tartines de fromage.

Le canapé dans le bureau du papé était dépliable. Un parfum de papier et de miettes de gomme régnait dans cette pièce. Une étagère basse, dans laquelle les ouvrages les plus importants se trouvaient au niveau du sol. L'encyclopédie des animaux. L'*Odyssée*.

La petite chambre avec les deux lits d'une personne était toujours propre, son blanc plus blanc que blanc. Omma repassait absolument tout. Ici, on trouvait aussi la boîte à bijoux, un écrin de cuir noir révélant ses entrailles rembourrées d'un cramoisi profond à l'ouverture de son moraillon. Le seul objet charnu de la maison. À l'instant, je voulais le vider, et le laisser simplement comme il était : rouge. Le libérer de l'argent et des pierres livides.

Le jardinet devant la maison était une étude à la symétrie aléatoire, une fidèle copie de chaque autre jardinet le long de la route de campagne. Mais du jardin de l'autre côté de la maison, on pouvait voir la remise qui y était accolée, *hjallen*. Le crochet sous l'avant-toit, là où le papé avait une fois voulu expérimenter, sécher de la viande. Jusqu'aux mouches. Le soleil.

Derrière la maison, on avait le droit d'avoir une quelconque remise de jardin invisible depuis la route. Le tuyau d'eau pouvait même parfois ne pas être enroulé et à sa place. Là se tenait la serre. Tout ce qui fleurissait. Une pataugeoire gonflable, même. La sensation de l'herbe mouillée sous les pieds.

En plein milieu de tout ça, le papé avait planté un cerisier du Japon. Ce dernier se tenait comme un délicat travailleur immigré au milieu des arbres fruitiers anciens et noueux. Il marmonnait des phrases roses et blanches pour lui-même.

Nous arrivâmes enfin à la maison de retraite. Ma mère gesticulait sous le porche et parlait à voix basse avec sa cousine, celle dont le mari est sympa. Carl, ou Karl. Leurs enfants jaune paille étaient là aussi. Plus loin, dans le couloir, se trouvait le papé. En costume, avec sa veste bleu foncé. J'allai prendre son bras, qui crissa comme un journal enroulé. Il tapota doucement le dos de ma main. Sa chemise était de travers au niveau du col.

Le couloir était lourdement imprégné d'odeurs de médicaments et de patates bouillies. Nous entrâmes dans la chambre pour dire au revoir.

Ce n'était qu'après que nous devions chanter. C'était la tradition de la maison de retraite, pas la nôtre. On accompagnait les départs d'une chanson, on leur donnait une chanson pour la route, comme disait l'une des blouses blanches, lentement, clairement, comme si la mort était une perte de QI contagieuse. Le cercueil fut monté sur une table à roulettes. Pendant ce temps, nous nous tenions prêts dans le couloir : une garde d'honneur constituée de la famille proche, habillée de manteaux d'hiver humides, et quelques membres du personnel, les mains dans les poches de la blouse.

Une petite femme surgit en trottinant du salon télé. Se manifesta hors du scintillement de l'écran, pour ainsi dire. Ses chaussons à motifs bruns faisaient un drôle de bruit. Elle était grosse. Son visage avait perdu sa forme et faisait des plis grisâtres. De petits yeux joyeux brillaient au milieu de la grisaille. Elle fit halte et joignit ses mains devant elle. Sa voix grinça :

« Oh, un anniversaire ? »

Elle se mit à chanter devant l'assistance silencieuse comme une tombe, y compris le personnel. Elle battait la mesure sur son genou.

S'interrompit une fois ou deux pour agiter ses mains en l'air. « Choyeux jaaniverchaire à toiii ! »

Elle en eut les larmes aux yeux.

Moi, j'avais les yeux sur un lentigo.

Une blouse blanche se détacha enfin du mur, la prit par l'épaule et l'emmena dans le couloir. La voix de la vieille traînait derrière eux. Une porte se ferma quelque part. Le silence revint.

Je vis que les mains du papé pendaient tristement. Son regard était confus, puis il sembla s'éteindre, comme si quelque chose s'était fait jour avec un peu de retard.

Le cercueil fut avancé. Nous chantâmes.

Aucune île

Plus tard, au sujet de l'enterrement, ma mère avait déclaré :

« Au moins, l'organiste s'est débrouillé pour que je ne reste pas là à pleurer comme une morveuse. »

L'organiste habituel de l'église était en congé maladie de longue durée. Le suppléant jouait d'une façon calamiteuse. Quand il ne sabotait pas ostensiblement l'accompagnement des psaumes, les notes le fuyaient malgré lui en boitant. On avait mal pour elles. Même le curé, les mains jointes au milieu d'une mer de fleurs et de couronnes, semblait navré.

Seule l'épaisse agrégation florale faisait preuve de joie. Des roses, des chrysanthèmes, des gerberas. L'église était pleine à craquer.

Ma mère initia le chant. Elle brailla à pleins poumons, fermement même, décidée à étouffer le meurtre lancinant de *Chagrin et Joie*, son conflit grondant sur les campagnes. Sur les bancs derrière nous, on clamait haut et fort. Tout le monde faisait cause commune.

Puis les psaumes furent terminés. Le curé vida sa petite pelle de terre sur la laque blanche du cercueil. Le moment que je redoutais approchait.

Nous nous levâmes, nous qui devions porter. La Tarentule eut tout juste le temps de se pencher pour chuchoter : « C'est moins lourd qu'on ne le pense. » L'espace d'un instant, je le sentis dans mon bras. L'estimation erronée du poids, la légèreté, l'envolée du coude, la main qui relâche sa prise, le choc contre le sol. Nous approchâmes, et la peau de ma paume crissa contre la poignée du cercueil. Je me concentrai. L'odeur d'omma imprégna l'air tout autour de moi alors que nous soulevions. C'était soudain et pénétrant. Son parfum, ses cheveux. Le coton fraîchement repassé. J'oubliai de m'inquiéter du bois blanc qui volerait en éclats quand le cercueil irait se fracasser au sol, le corps, la joue blanche comme la cire d'omma contre la pierre froide. Quand l'organiste fit tonner une note claire et inattendue, mes jambes se mirent en mouvement toutes seules. Je gardai la mesure du parfum d'omma. Il régnait comme si elle se tenait juste là, dans l'allée. Nous regardait partir.

Le corbillard s'en fut. La tombe se trouvait à la paroisse. Nous marchâmes à travers le brouillard, sur le sentier qui relie l'église à l'ancienne école communale. Lors des mariages et des enterrements, les voitures se serraient sur le petit parking près de l'édifice. Derrière l'école qui n'en était plus une mais qu'on appelait toujours ainsi parce que c'était la maison d'enfance de ma mère.

À cette époque, la maison de briques était coupée en deux, entre l'appartement de fonction pour l'enseignant et la salle de classe. Je sais que derrière l'habitation, une haie de chênes séparait le jardin d'ornement du verger. Que la haie murmurait d'un air sombre quand ils revenaient des vacances aux Îles Féroé, un soir d'août, chargés de poisson séché, de mouton et de cigarettes achetées en duty-free sur le bateau.

L'un des arbres du verger portait des pommes estivales. Revenir après un été aux Îles Féroé, c'était ça : la lumière de la lampe de poche dans l'obscurité un peu roussie du mois d'août, les orties qui s'étaient vicieusement répandues pendant que la maison était vide. Les irritations sur les jambes, la nostalgie et la délivrance, la première bouchée de pomme blanche et mousseuse.

L'école était l'enfance de ma mère, l'un des endroits dont elle pouvait parler quand elle disait « chez moi ».

Je sais que le papé avait construit la maison au milieu des champs plus tard, quand ma mère était adulte – après que l'école communale et les autres petites écoles de la région avaient été vidées et les enfants tous absorbés par un bloc de béton gris.

On distinguait justement les plus hautes branches du pommier à travers les grandes fenêtres de la salle de réunion paroissiale. La salle en elle-même était oblongue, haute de plafond, d'un blanc sanitaire.

Ceux qui attendaient le schnaps étaient assis près des fenêtres. Ils étaient si nombreux qu'il fallait s'entraider pour le service. Équipée d'une bouteille froide de Brøndum qui transpirait dans ma main et des verres en cristal d'omma, je passais de chaise en chaise pour proposer à boire. Tout le monde buvait dans les mêmes verres olivâtres. La salive restait incrustée sur les rebords.

Celui qui sert doit lever le regard en offrant, on ne peut pas avoir les mirettes fixées sur ses chaussures. Chaque main qui se saisissait d'un verre était rattachée à une manche noire, et un peu plus haut planaient les deux yeux qui allaient avec. Certains d'entre eux étaient humides. « Voilà », marmonnai-je en évitant les yeux pour m'adresser aux manches.

De l'autre côté de l'allée centrale, on trouvait les saints, ceux qui ne buvaient que du café. Les nappes en papier crissaient. L'acoustique me faisait penser à une salle de handball. Une petite femme se leva. Elle appartenait au côté béat. Dans ce visage rond où les rides s'amassaient, il y avait des traces de Sørvágur, la lignée de ma omma.

« Marita était quelqu'un de spécial, dit-elle. Je n'en ai jamais douté, et elle non plus. »

Quelques sourires firent irruption. Du côté des buveurs de schnaps, on entendit même quelques gloussements.

La vieille regardait droit devant elle, les yeux absents, mais sa voix était ferme. Elle parla comme on déclame une saga, à l'aide de la grammaire obsolète que certains Féroïens emploient quand leur langage empiète sur le danois.

« Tragique fut le moment quand Marita s'en alla loin de nous, et lourd était le temps quand la guerre nous séparait d'elle. Mais il était bon de savoir qu'elle vécut heureuse et longtemps avec son aimé, Fritz, et qu'ensemble ils eurent enfants et petits-enfants. »

Une main étrangère captura mon poignet d'une étreinte moite qui fit déborder mon verre. Je regardai vers mon papé, le Fritz adoré de ma omma. Il était recroquevillé sur lui-même, ses mains reposaient sur la table.

Une fois, alors que le papé avait bu jusqu'à l'ivresse, omma avait eu un accident. Alors qu'il était inconscient après de trop nombreuses visites à la cabane de séchage, elle avait trébuché en haut de l'escalier, était tombée et s'était blessée à l'hémisphère gauche. Quand l'alcool s'était estompé, il l'avait trouvée là, au sol. Après ça, elle avait dû consulter un orthophoniste.

C'était arrivé en hiver, pendant la saison des fêtes de Noël.

La nuit lisse comme un miroir avait une profonde teinte argentée. Ma mère avait foncé jusqu'à l'hôpital en maudissant la police à voix basse. Elle avait atteint la place de parking avec une glissade frontale et repris sa course dans les couloirs du bâtiment, son sac serré dans ses bras. Les incantations avaient laissé place à des numéros de chambre, 112, 114, 116, ici !

Nous étions entrées comme des furies.

Dans la chambre, entre la table à roulettes et le rideau turquoise à fleurs, se trouvait omma. Elle était assise bien droite sur une chaise. Ses jambes couvertes de nylon blanc reposaient sagement sous sa robe de chambre. Sa chevelure récemment permanentée formait des vagues brillantes. Elle avait fait le lit.

Sa tête était complètement de travers. L'une de ses joues pendait mollement contre son crâne comme un pneu crevé tandis que l'autre ressemblait à un ballon de football violacé. « Ah, tiens, vous êtes là », avait-elle souri de sa bouche bleue et tordue.

Je toisai mon verre de schnaps plein, debout entre les rangées de tables. Il projetait un éclat vert sur mes doigts. Je me dis que tous ceux qui étaient là étaient des étrangers. Ils étaient venus en avion de chez eux, et maintenant ils étaient là. Je n'avais aucune idée de qui nous étions. Voilà ce que je pensais. Je flottais. Pendant ce temps, la vieille finissait son discours. « Louée soit la mémoire de Marita », dit-elle. Au niveau de mon coude, une voix masculine lui fit écho : « Louée soit-elle. » Des soupirs humides passèrent d'une table à l'autre.

La veillée dura toute la journée.

Le brouillard avait commencé à s'estomper, il se décomposait comme du lait qui a tourné et s'échappait dans toutes les directions. Sur le parking près de l'école, quelques restes blafards subsistaient, brillant sans conviction dans la pénombre hivernale.

La voiture était froide. La Tarentule jurait doucement dans sa barbe en triturant la soufflerie, la radio et le levier de vitesse. Les cheveux de ma mère, immobiles, dépassaient au-dessus de son appui-tête. Sur la banquette arrière, près de moi, ma omma était là.

Les vestiges de la brume s'accrochaient encore aux arbres le long de l'autoroute de Køge comme des oripeaux mouillés.

Omma voulait dire quelque chose. Ses lèvres s'articulaient avec une grande concentration. Je détournai les yeux. Des phares blancs et jaunes fusaient, bientôt dissous dans la lumière ténue.

Omma posa sa main sur la mienne. Son visage était calme, à présent. Il apparaissait par intermittence, à la lumière des voitures qui venaient dans le sens opposé. « Aucune île, c'est une île », dit-elle. Elle tapota ensuite ma joue et s'en fut.

L'île aux Ours

Le sloop *Kalypso* a pris le large au début de l'été avec une vingtaine de personnes à son bord. Des jeunots du hameau, des camarades d'enfance, quelques cousins, le frère Jegvan, et une poignée d'ancêtres. Il y a aussi un ou deux voyageurs du fjord nord.

Le temps s'est tenu, les semaines ont passé. On repose maintenant à l'ombre de l'île méridionale du Svalbard, au milieu de la glace qui s'étend à perte de vue. C'est l'été arctique. Le ciel blanc est aveugle, et les jours privés de leurs nuits, parties.

Quand la cloche sonne, les hommes jettent leurs cigarettes par-dessus bord d'une pichenette et prennent position le long du bastingage.

Les lignes de pêche sont mises à l'eau. Le bateau dérive.

Fritz examine ses doigts polis par l'usage. Sa peau est rouge. Au début, le froid s'incrustait sous ses ongles, semblable à de la fibre de verre. Il ne reconnaît à présent qu'à peine ses mains.

Un courant profond entraîne la coque, et l'eau, lisse comme de l'huile, clapote doucement contre les flancs. L'équipage travaille, mange et fume. La morue fixe les horaires.

L'équipement est simple. Des cordes, des poids et une barre d'acier courbée dotée d'un double crochet. Les pêcheurs chevronnés ont déjà laissé filer leurs crochets vers les profondeurs, tout en bas, et se harnachent de leur regard le plus perçant. Fritz est jeune, c'est sa première longue sortie. Jegvan et les cousins ont de l'expérience. Ils jettent les cordages et les ramènent sans effort, en rythme. Les yeux se font vitreux. Ils se tiennent comme s'ils pissaient dans l'eau et halent avec patience en attendant que la corde se tende, la secousse, le signal.

L'île aux Ours est un peu plus loin. Existe-t-il un endroit moins accueillant encore pour l'homme ? Fritz en doute. Le temps est clair, juste un peu embrumé, mais depuis la terre s'épand un brouillard épais qui rampe sur la surface de la mer.

Voilà qu'un banc de poissons passe, et les causeries se meurent.

Chaque homme a sa place et pêche pour lui-même. Ils sont séparés par un mètre de fraîcheur. Quand malgré cette précaution deux cordages se mêlent, cela peut causer hostilité, accusations de sabotage et jalousie, ou bien être réglé d'une façon contrite et habituée. Et l'on recommence.

Fritz se concentre sur ses affaires. Il évite de regarder vers l'île. À la place, il fixe les cals qui font désormais partie intégrante de ses mains. C'est une rude besogne que ce travail. Le poids de plomb tire sans relâche sur les épaules et le dos.

Les morsures de fantômes peuvent survenir. La sensation que quelque chose rôde en catimini autour de la corde, là en bas. Presque avec tendresse. Cela ressemble à un questionnement discret. A-t-on froid ? Aimerait-on s'allonger, se reposer un peu ? Dormir ? Là, dans cette immensité moelleuse ?

Fritz tire et laisse filer la corde. Il ne croit pas à ces racontars qu'on lui a narrés, et qu'il conte aux enfants du village. La sorcière des mers. Le spectre marin et ses jambes démesurées qui rampe sur la plage, s'installe sur les récifs et hurle. Fritz veut simplement incarner la contraction de ses muscles et le relâchement mesuré de la ligne. Le sang qui circule. Sa barbe gelée. Ces histoires servent à effrayer les enfants, elles appartiennent aux intérieurs. Ici, on est dans le grand dehors, l'inconnu.

Les meilleurs pêcheurs savent bien comment appâter la morue. Ils ont leurs sortilèges et leurs rituels. Fritz n'a qu'un tour de main rudimentaire. Il ressent le silence sur le pont. Il sent que les hommes pataugent dedans. L'un d'entre eux bouge et craque comme une vieille marionnette. Un autre a une prise.

La morue gesticule avec rage. L'homme qui l'a capturée, un cousin, la saisit par le col, tranche le menton avec les barbillons et le laisse tomber dans la caisse à ses pieds. Les morceaux de chair s'entassent, moustaches frémissantes. Chaque semaine, on les compte comme des jetons. L'heure du comptage est tout aussi sacrée que les prières du dimanche sur le pont.

Un homme compte les prises d'un autre sous le regard d'un troisième. Certains énergumènes ne sont pas au-dessus de l'idée de voler leur prochaine prise.

Fritz est contrit. La honte le courbe sur son travail.

Cette satanée flotte, aussi.

Quand le labeur rend les hommes taciturnes le long du bastingage, ou quand le cri d'un oiseau déchire le ciel silencieux, on frôle le pire. Là, Fritz entend vociférer la solitude. Chaque fois qu'un souffle de vent triture les cordages, il lui semble distinguer un ricanement.

Un demi-verre de flotte, bon sang.

Autour de l'embarcation, le monde n'est qu'une mer grise et absolue, quelques amas de brume blanche et une poignée de hauts brisants qui semblent flotter au-dessus du miroir de l'eau. L'ombre brune de Miseryfjeldet enveloppe le tout. La montagne de la Misère, pense Fritz. Il veut rentrer chez lui. Il maudit en silence tour à tour les trois pics de la montagne, puis lui-même, et enfin le skipper qui avait trouvé nécessaire de le produire devant tout l'équipage en criant tant et si bien que la salive volait et se cristallisait dans sa barbe. Comme si un demi-verre d'eau douce méritait tout ce bazar.

Fritz a une infection de la gorge.

Ses orteils nagent dans une sueur froide, et une odeur nauséabonde s'insinue dans son nez à chaque expiration. De la langue, il tâte à contrecœur le fond affligé de sa bouche. Un homme malade a bien le droit de se brosser les dents, non ?

Le poisson abandonne son sang fluide sous les ongles et sur les tricots de laine. Des filets de mucosité scintillante et quelque chose d'autre, plus sombre. De minuscules morceaux d'écailles qui se tordent sous la lame du couteau et collent à la peau. De temps en temps, on trouve un asticot.

L'atmosphère sur le pont est aux nuques courbées. À la gêne. Bientôt, un type se fendra d'une plaisanterie. D'autres riront trop fort et trop longtemps. Fritz devra s'assurer d'être celui qui rit le plus fort.

Fritz le dandy. Chic Fritz. Fritz le canard de bain.

Comme il abhorre la vue sur l'île et sa masse montagneuse brutale ! Là, cachés derrière le mur stérile de la côte sud, résident des chercheurs de diamants et des météorologues, des hommes qui eux aussi fument et boivent du café, des hommes qui dorment dans des cabanes étroites et pissent dans le vent. Ça ne le console pas. Tout est si ouvert et désertique. Gris et brun. Taché de glace. Quand Fritz lance ses pensées vers la terre ferme, le vide résonne en guise de réponse. Quelque chose en lui se recroqueville. Sur l'île, la solitude a son centre de commandement. Fritz l'a su dès l'instant où il a aperçu le grand ours blanc sur son morceau de plage froide. Sa tête oscillait lentement, puis un tremblement s'était répandu dans son pelage et sa lourde musculature. L'ours s'était levé. Fritz avait vu son rugissement. Sa haine. Une pénombre furieuse.

Il tente d'écarter cette pensée. Comme dans l'un de ces rêves où l'on pense être éveillé, jusqu'à ce que l'autre pensée s'invite, celle qui dit qu'on est peut-être bien mort, probablement même. Non, il préfère encore haïr cette eau flasque, et l'industrie besogneuse des hommes. Il hait leurs faces barbues, la puanteur de la laine de bélier et de la vieille sueur. La brume et ses relents de soufre. Il hait dormir sous le pont, où l'air est vicié et alourdi de morue morte. Où l'on doit se serrer dans les couchettes et dormir ainsi, baignant dans les odeurs les uns des autres.

Les heures passent. Plus que tout, il hait la pêche.

« Haut les cœurs, mon vieux ! »

Jegvan dit quelque chose de ce genre. Parmi les cinq frères, Fritz est le quatrième, et Jegvan vient juste avant lui. Personne ne maîtrise comme lui l'art d'être sain, même badin, au moment précis où c'est le moins apprécié. Il est de ces phénomènes que la nature produit parfois dans les petites communautés isolées. Il est plus grand et plus beau que les autres frères, possède une inexplicable élégance innée et les cheveux de Cary Grant. Il a le pied léger, l'esprit vif, et malgré ses paroles rugueuses il a un charme de tous les diables. Celui du diable même, se dit Fritz.

Jegvan rejette en arrière sa tignasse et flanque une caisse pleine de têtes de poisson dans les bras de son petit frère au grand bec. C'est la fin des atermoiements. On peut bien faire face à un tantinet de maladie et d'adversité. Fritz réceptionne machinalement et n'a que le temps de jeter un rapide regard à l'enchevêtrement d'yeux noirs et de petites dents pointues que déjà le contenu de la caisse est passé par-dessus bord.

Les mouettes forment un motif mouvant autour du bateau. Leurs ailes tissent un linceul dans les airs et l'effilochent en même temps.

Une caisse de plus y passe.

Les têtes de morue guignent.

Fritz inspire par le nez.

Deux ou trois des pêcheurs sont déjà allés sur l'île. Pas lui.

La nuit, un peu de son obscurité ruisselle dans la cale. Les grandes vallées tonitruantes. Les baies qui brisent le mur des falaises, comment les décrire ? Les cellules d'isolement de la nature, comme des morsures grises dans la pierre, des alcôves ombragées par la montagne.

On a vu des silhouettes blanches sur le sable de ces petites baies. D'un blanc éclatant. On a entendu des histoires de ce genre. Des chasseurs d'un temps ancien. La folie qui peut s'insinuer dans l'esprit des mineurs durant l'hiver noir.

Fritz pense à de longues jambes lisses comme des écailles qui laissent des traces sur les falaises. À la haine que vomissait la gueule béante de l'ours alors qu'il grondait vers le bateau et que le vent emportait le son. Les oiseaux qui entraient et sortaient du mur de la falaise, de la réalité, comme des projectiles scintillants.

Jegvan siffle.

Fritz tend les mains vers la caisse suivante, mais n'attrape que le vide, et a juste le temps de retrouver son équilibre avant de tomber. Jegvan regarde vers la terre. Ses mains font de l'ombre à son visage hâlé. « Bon sang. T'en dis quoi ? »

Fritz n'en dit rien. Il oublie d'inspirer par le nez. L'air qu'il avale a un goût d'infection acide. Maintenant, lui aussi voit le corps lourd de l'ours blanc et la façon dont il nage droit vers le bateau, ses gestes puissants. La bestiole plonge, sa tête blanche disparaît un instant, puis brise à nouveau la surface, toujours plus proche, l'eau se déversant entre ses mâchoires.

Jegvan siffle à nouveau. Soulève un fusil invisible. Lentement, avec l'assurance du chasseur dans ses épaules et son dos, il se penche en avant, verrouille ses articulations, vise. Son visage est lumineux. Radieux. D'un claquement de langue, il fait feu. Fritz sent ses jambes se dérober. Il entend le fracas, puis tout devient noir.

Le rayonnement gris de la cale est plus une vague sensation de lumière qu'autre chose. Une matérialité sale. Le vacarme reprend. Un bruit tranchant qui vient de l'arrière de la tête, là où il a heurté le pont. Il sent le choc. C'était spongieux. Un goût de métal. En fait, il y a *vraiment* du bruit. Peut-être. Encore ? L'animal est encore là, c'est peut-être son ventre qui gronde, ou alors on lui tire dessus, ou alors le skipper tue des oiseaux pour servir d'appâts. Fritz est merveilleusement indifférent.

Voilà qu'il bouge, juste un peu, et l'arrière de sa tête tangue lourdement. Il n'est pas dans sa propre couchette, mais dans l'une des plus proches. Il porte toujours ses bottes qui dépassent par-dessus le bord de l'emplacement où on l'a traîné.

C'était tout de même un geste de camaraderie. Des hommes bien, c'est sûr. Des types admirables.

Le bateau roule. Là-haut, ils sont probablement en train de tremper leurs chandails dans l'eau de mer avant de les laisser geler au vent comme des armures de glace. Fritz les voit devant lui, il voit qu'ils resteront toujours ainsi, à travers leurs vies entières, solidement congelés. Fritz ne veut pas. Il reste allongé dans la pénombre. Dans sa propre odeur. Les sanglots irritent sa gorge. Le léger roulis du navire l'enlace.

Grand-tante Ingrún

« Pourquoi le papé a-t-il émigré vers le Danemark ? »

Cela semblait être un bon moment pour poser la question.

Le soleil de minuit babillait dans mes veines, et je voyais que la Tarentule n'y était pas indifférent non plus. Le blanc de ses yeux brillait d'une lueur électrique.

Il y avait d'autres choses que je n'osais pas demander : comment émigre-t-on ? Que fait-on de tout ce qui nous dépasse ?

Il n'y avait sans doute personne autour de la table pour répondre à cette question. Qui étions-nous ? Les Féroïens, ceux qui sont restés, et nous autres, les hôtes du sang, l'essaimage biologique de la migration.

De la musique et des éclats de verre se

faisaient entendre depuis le port. Cette nuit de juin était une joyeuse batterie surchargée. Jóansøku, la fête de la Saint-Jean, représente quelque chose de spécial à Vágur. Les gens viennent même des autres îles pour assister à la course d'aviron, pour chanter et pour danser.

La cuisine de grand-tante Ása sentait la viande de mouton séchée et le café à l'ampoule. Tout au long de cette longue journée d'été, les invités de la Saint-Jean s'étaient succédé, famille ou bien étrangers, des visages que je reconnaissais presque parfois, et même quelques-uns dont je connaissais le nom. *Støkka in á gólvið*. Un court séjour sur notre sol. Quelques bavardages, une bouchée du repas de fête, puis direction la prochaine maison sur la route. Un tour de fête. *Eid mubarak*, pensais-je.

Une satiété victorieuse régnait maintenant autour de la table comme après une épreuve ou un marathon. Il n'y avait que la Tarentule et moi, avec notre sang peu apprêté, pour frissonner. C'était une nuit bien trop claire.

« Tu dois bien te souvenir de tante Ingrún ? »

Le schnaps donnait une peau pomacée à ma mère. Sa voix voletait au coin du petit godet.

Tante Ingrún était morte alors que je n'étais encore qu'un nourrisson, mais il était inutile de le mentionner. Dès que ma mère venait ici, elle semblait avoir accès à une mémoire étendue, plus profonde et plus colorée que la sienne, une mémoire connectée à tout ce qui l'entourait. Le puits de la lignée. À vrai dire, elle semblait ne plus s'adresser qu'à lui.

« Ingrún, quand elle avait quelque chose en tête... », marmonna grand-tante Ása.

La bâtisse dans laquelle nous résidions pendant cette visite à Vágur appartenait à Ása et à l'oncle Laurus. C'était la maison d'enfance du papé. En fait, il n'y avait que les fondations qui subsistaient de l'ancienne maison, le reste ayant été entièrement rebâti, agrandi et modernisé. Mais le lieu était le même, une haute masure adossée au champ. Le matin, les moutons passaient devant en tintant. Ma mère avait prévu de faire d'ici de plus courtes expéditions dans les îles. Une nuitée ici ou là. Un long week-end à Tórshavn.

Un matin, la maison était vide. Je me glissai dans le salon. Touchai du bout des doigts les verres en cristal dans la vitrine. J'avais beaucoup de tendresse pour ces verres français ou peut-être tchèques qui avaient été achetés par correspondance et reposaient derrière leurs vitres depuis des générations. Il y avait une force en eux. Une soif du monde. Grand-tante Ása les avait hérités de la matriarche, Omman-i-Vágur. Elle était la omma de ma mère, mon arrière-grand-mère, mais elle n'avait jamais porté d'autre nom. Elle reposait maintenant dans le puits de la lignée, dans la lueur d'une chandelle, avec le châle en laine autour de la tête, avec ses poings calleux, et rêvait de cristal parisien.

Son visage apparaissait large et brûlé par le vent sur une vieille photo dont j'avais le souvenir. Comment s'appelait-elle ? Tous ici connaissaient son nom, mais personne ne l'employait. Je n'osais pas poser la question à ma mère. Elle serait peut-être triste de ne jamais l'avoir mentionné.

Maintenant, lors de la nuit de la Saint-Jean, ma mère et Ása racontaient tour à tour l'été du papé en tant que pêcheur. Elles relatèrent l'histoire de l'ours et du verre d'eau pour la brosse à dents. Sur les vieilles photos, les yeux sont toujours clairs. Les mains minutieusement placées.

Omman-i-Vágur m'avait observée, comme un hibou, de ses yeux de cristal.

Le papé était revenu malade comme un chien de son voyage dans la mer de glace, il était resté alité longtemps et avait annoncé une fois rétabli qu'il serait ingénieur électricien. Il s'était ensuite rendu auprès d'Ingrún, mais je sentais que l'histoire ne pouvait pas commencer de cette manière. Le regard de grand-tante Ása se fit distant, elle le plongeait dans le puits. Je surveillais ses mains. Elles étaient grandes et belles, blanchies comme un comptoir de cuisine.

« Skál ! tonna l'oncle Laurus.

— Skál, répondit ma mère.

— Skål », dit la Tarentule.

Grand-tante Ása fit glisser ses doigts sur la surface de la table avant de retrouver le fil d'un « ah, oui ».

Tante Ingrún était la deuxième de la fratrie. Ragnar venait en premier, puis elle. Ces deux-là n'avaient pas eu de bons débuts. Jusqu'à l'arrivée d'enfants plus jeunes contre lesquels se liguer, ils s'étaient amèrement disputés. C'est pourquoi il y avait si peu d'histoires au sujet de leur petite enfance.

Ingrún était née en 1918, au moment où les fusils se taisaient enfin, où on baissa les baïonnettes. C'était ma mère qui racontait. Cela me fit rire. J'avais une fois entendu mon papé dire qu'avec son premier cri de vie, Ingrún avait mis fin à cet instant de silence durant lequel le monde entier retenait son souffle. Que c'est ainsi qu'elle avait su dès sa naissance comment se faire entendre sans compromis.

Grand-tante Ása prit la parole.

Cette date n'était pourtant pas tout à fait la bonne. Ingrún était née quelques années plus tôt, au début des années 1900.

La Tarentule étrangla un sursaut de déception.

Les mains de grand-tante Ása glissèrent sur la table comme pour s'excuser, puis elle reprit : la vérité voulait que si chacun des frères avait pour lui la poésie, l'idéologie ou encore Jésus quand tout le reste s'effondrait, Ingrún était venue au monde avec une volonté de fer ancien. C'était comme si son âme avait reposé dans une tourbière en attendant sa naissance, et avait profité de ce temps pour développer un sens du commerce inédit dans la famille. Elle s'était judicieusement mariée à un directeur de banque, et tenait elle-même l'un des hôtels les plus réputés de Tórshavn.

« L'un des rares hôtels de Tórshavn, j'imagine, marmonnai-je.

— Pas du tout », répondit ma mère avant de jeter un regard plein de doute à grand-tante Ása. Cette dernière fixait le fond de son schnaps, perdue dans quelque rêverie.

Si l'on voulait avancer dans la vie, ou si l'on manquait d'une chose ou d'une autre, on pouvait se rendre auprès d'Ingrún. On pouvait toujours emprunter un peu d'argent, ou même à la limite en obtenir, à condition d'être dans ses bonnes grâces.

« Comment pouvait-on savoir si on l'était ?

— Ah ça, répondit la Tarentule, ce n'était pas le genre de trucs dont on pouvait douter. »

Il l'avait rencontrée plusieurs fois. Je vis sur son visage sombre cette tendresse particulière qu'il avait pour les *originaux*. Ingrún avait donc été une originale, et c'est comme ça que je me l'imaginais maintenant : avec de petites dents serrées et un nez en saillie que l'âge avait rendu spongieux. À la fin de sa vie, elle portait sur elle un ventre à bière en forme de tambour, d'où ses bras, ses jambes et son cou surgissaient comme une figurine faite d'une châtaigne et d'allumettes. Quand elle n'eut plus la force de le porter plus longtemps, elle se laissa emmener au Danemark, où elle s'installa dans le département d'oncologie de Rigshospitalet, le plus grand hôpital de Copenhague.

« Tu peux croire qu'à cette époque les infirmières rasaient les murs, livides qu'elles étaient. Et comme elle n'avait pas droit à sa Smirnoff, ta mère a dû endosser le rôle de contrebandière d'alcool au sein du milieu hospitalier. »

La Tarentule rit de bon cœur.

Ma mère haussa les épaules avec modestie.

Plus tard, je descendis sur le port. L'air chantait doucement, bleu pâle, au-dessus du fjord. Je me sentais un peu perdue. Au loin, les morts s'échappaient en dansant main dans la main. Mais autour de moi, tout se mélangeait en un amas de cirrhes et de particules. J'avais l'impression d'être entrelacée dans les bras d'allumettes de grand-tante Ingrún. Voilà qu'elle aussi, je l'avais sur le dos.

Le long du quai, les derniers petits groupes rentraient chez eux. La ligne d'arrivée de la course d'aviron, les étudiants et leurs bonnets à pompon. Certains d'entre eux étaient venus avec le ferry pour voir un match de football.

C'était un match de première division. L'oncle Laurus avait poliment mentionné que l'un de mes cousins jouait dans l'équipe locale.

Le beau visage étranger du cousin en question avait été couvert de boue et de sang pendant l'essentiel du match. Les joueurs se déchaînaient les uns sur les autres dès que le vent s'emparait du ballon. Les nuages avaient englouti la montagne, s'étaient déroulés au-dessus du terrain et y avaient déversé quelques trombes de pluie. Les spectateurs enveloppés de leurs manteaux féroïens étaient détrempés et silencieux. Quelques-uns étaient restés dans leurs voitures, et les phares étincelaient sur la pelouse.

L'unique fois où l'équipe locale avait marqué, les bras de la Tarentule avaient bondi vers le ciel. Il avait hurlé, et j'avais suivi autant que je le pouvais. Nous étions les seuls.

Le vent s'accrochait aux bonnets et aux jupes trempés.

Les bouteilles d'Absolut passaient de main en main.

Ces hommes et ces femmes aux joues rouges étaient maintenant plus joyeux, les costumes qui passaient devant moi et projetaient leur légers reflets sur l'eau grise du port leur donnaient une autre stature. Je déambulais dans mon grand manteau d'hiver, en touriste indiscutable.

Près de l'ancien bureau de poste, la route s'élevait vers l'enclave de hautes maisons qui appartenaient à ma famille. Le bureau de poste avait été construit par mon arrière-grand-père, le charpentier. « Est-ce qu'il était aussi architecte ? », avais-je demandé. Il ne l'était pas. « On se débrouillait avec ces choses-là. » La tache de naissance brune là-haut sur la montagne, c'était la plantation. La centrale hydraulique se trouvait plus au nord, vers Botni.

Le papé voulait être ingénieur électricien, c'était son but, son Ithaque, dont il voulait sortir pour pouvoir y revenir. Mais l'école était au Danemark, il manquait d'argent, et il se rendit donc auprès d'Ingrún. Elle était douce avec lui, et voulait bien l'aider, mais elle était aussi douce avec son frère, Jegvan.

Je me souvenais que le grand-oncle Jegvan était beau, même à un âge avancé. Une star hollywoodienne enveloppée d'un fin parchemin. Lors des fêtes, il portait son costume gris à cravate. Le papé prenait ses mains et ils dansaient.

Quand je le vis immobile, adossé à un mur peut-être, j'eus l'impression qu'il se tenait dans une poche d'ombre. Je me dis que le chagrin habitait ses lèvres. Fais quelque chose à cette bouche avant qu'elle ne se fige.

Jegvan s'était fiancé encore tout jeunot. Une respectable fille de commerçant de Klaksvík. Omman-i-Vágur avait accueilli la fête. Avant cela, il avait fréquenté la jet-set locale. Je savais qu'il avait bu du schnaps avec la célèbre peintre autochtone Ruth Smith, pour qui William Heinesen avait écrit un poème. Elle s'était noyée, Jegvan s'en était abstenu. Mais il voulait rejoindre la marine marchande, et il voulait aller loin, et c'est pourquoi lui aussi était allé voir Ingrún.

Le pacte

Par une nuit comme celle-là, je les vois devant moi.

Le flanc de montagne bleu est un tambour battu par le ciel.

La lumière de minuit est tendue comme la peau d'un ventre au-dessus de la maison où ces trois-là sont installés. Ingrún, Jegvan et le papé, qui, à ce moment-là, dans la pénombre de la cuisine, n'était encore que Fritz.

La Smirnoff Blue d'Ingrún est plus qu'entamée. Tout se passe maintenant. Fritz a parlé de cette histoire de brosse à dents. On ne peut même pas prendre un verre d'eau pour sa brosse à dents, a-t-il dit d'un air sérieux, et ainsi le bal est ouvert. Il renonce à la pêche. La morue et la puanteur, tout. Il dit qu'il fait un froid de canard, que c'est ignoble et sans perspective. Il y a d'autres choses, mais celles-là, il ne les dit pas à voix haute. Qu'il a peur du vide béant autour du bateau, que ce vide a un son. Que là-haut, dans la glace, la réalité devient poreuse, que les oiseaux surgissent de nulle part. Au lieu de ça, il dit qu'il rêve d'utiliser sa tête, d'apprendre des choses. Est-ce qu'elle comprend, la sœur Ingrún ? Il n'y a pas d'avenir dans la pêche. Il parle de progrès, de développement. Il est un homme doté d'un but, d'une vision, pas seulement pour lui-même, mais pour la commune, pour l'époque.

Ingrún tapote la bouteille.

Ses ongles produisent un petit tintement déclaratif.

Que Fritz veuille étudier est appréciable, et être ingénieur est loin d'être une mauvaise idée. Sa tête est suffisamment bien faite. Tout n'est pas perdu. Mais peut-être qu'il pourrait maintenant expliquer d'où sortira l'argent dont il a besoin ?

Jegvan se fend de son sourire distingué.

Pensait-il que ce serait aussi facile ?

Hein, Fritz le dandy ?

Un brin d'angoisse passe sur la bouche de Fritz. Il n'est pas loin d'être un bel homme lui-même. Les épaules un peu étroites. Ses yeux ne manquent pas de charme, et ses lèvres sont capables d'adopter une tournure séduisante. Mais en quoi cela peut-il l'aider maintenant ? Il n'a pas de véritable plan. Mais une idée, ça oui. D'abord, il veut étudier pour devenir ingénieur électricien. L'école se trouve sur l'île de Fyn, au Danemark. Puis il compte obtenir un emploi à la centrale. *Then we take Berlin.* Mais à cet instant, au moment décisif, il ne peut pas se résoudre à demander l'argent. Il repousse l'idée une fois, deux fois, trois fois. À la fin, il en est réduit à chercher son souffle.

Ingrún s'empare de l'occasion pour assener un hochement de tête.

« Oui, ce serait excellent, tout ça. Si tant est qu'on connaisse quelqu'un à Fyn. »

Elle préside en silence un moment. Calcule et examine des facteurs prévus et imprévus. Compte et compte sans cesse. Ses bras blancs ne sont pas encore décharnés. Ses poings serrés sur la table sont inébranlables comme l'acier.

Fritz se jette sur une dernière réplique désespérée. Elle doit comprendre ! Ils sont si nombreux dans la famille à avoir trottiné sur ce petit sentier du berceau jusqu'à la tombe, et elle le sait, sœur Ingrún le sait bien. Où sont-ils maintenant ? Au cimetière ! Ils se sont tous noyés, dans une mer ou dans une bouteille.

Ingrún bascule sa tête en arrière et absorbe ce qu'il reste de son verre. Le dos de sa main essuie avec précision ses lèvres.

Oui, merci. Elle l'a entendu, et s'il n'y a rien d'autre – mais il y en a un autre, elle s'en doute, qui voudrait croquer dans ses finances.

Jegvan se redresse. C'est maintenant son tour. L'emblème doré sur la casquette de capitaine se reflète déjà dans les regards. Contrairement à son petit frère, il ne sait pas grand-chose au-delà du fait qu'il obtiendra ce qui lui est dû. Les calculs sont faits, la carrière planifiée, et son monologue poignant.

Dehors, la nuit s'agite. Le colossal ciel de l'aube tournoie au loin. Fritz a un goût de fumée et de vodka dans la bouche.

Enfin, Ingrún abat ses poings sur la table.

« Voici ce qui va se passer ! » Elle sert et distribue des verres, les yeux et les lèvres serrés autour de son clope. Jegvan est le plus âgé, il n'y a rien à y faire. Mais le frère doit aider le frère. « L'argent que je te donne, quand le temps sera venu et que tu l'auras gagné toi-même, tu le devras à Fritz. »

Fritz voit les années s'étirer devant lui. L'affaire est conclue. Ingrún crache dans sa large main blafarde et la tend au-dessus de la table.

Ruth Smith

Pendant la nuit de la Saint-Jean, je parcourais les sentiers étroits et escarpés entre les maisons de Vágur, je passais devant des fenêtres basses aux rideaux jaunis, aux rideaux à motifs, aux rideaux en dentelle, et des voitures garées en biais.

Au-dessus des habitations, la montagne tonnait.

Il arrive que des touristes, en particulier des femmes, aillent dans la montagne. Elles *vont dans la montagne*. S'éloignent dans les hauteurs et disparaissent. Il me semblait avoir entendu parler de ces femmes qui partent au nord pour mourir. Des congés suicidaires. Une sorte de mal du pays. Peut-être qu'elles emmenaient ce mal avec elles, ou bien qu'il s'emparait d'elles, tapi dans l'air de l'Atlantique nord.

J'atteignis la frontière supérieure du village, là où commençait la montagne.

L'herbe dormait.

Les migrations durent trois générations. La première génération ressent la détresse et porte la volonté, la dureté : une lourde pierre qui se déplace à l'aide de sa propre force. Et tout ce que ça a d'insondable.

On dérive quelque part sur une terre, ou bien on prend le bateau depuis une colonie ou une autre, on ramasse ses racines et on part. On réside dans des abris, dans des camps, sous des ponts, ou bien on a la chance d'avoir un oncle.

Quand on a assez d'argent, on rentre à la maison avec la seule tenue qui a résisté à l'usure, avec les enfants soigneusement peignés et endimanchés. On achète de grosses voitures et on manque de place pour les garer.

La génération suivante fait peut-être le grand écart sur la distance parcourue, jusqu'à ce que quelque chose se brise, devienne doublement mauvais, dénué de langage, doublement solitaire. Ou bien elle double la cadence, développe l'entreprise, investit dans un abri pour voiture, fait des études de médecine. Même s'ils traversent la couche rocheuse, ces enfants de la traversée, s'ils décrochent, choisissent avec leur cœur, comme l'a fait ma mère, comme l'a fait la Tarentule, avec chacun leurs origines, il est là : le besoin de travailler. L'élan brutal de la pierre initiale, en avant, toujours, un élan boiteux tourné vers l'intérieur. Devenir quelqu'un, gagner sa place. Cette génération paye toujours le prix de la traversée.

Puis vient la troisième génération. Le fruit de tout ce qui a précédé. Pourquoi se contenter d'être médecin, ou juriste, quand on peut être dramaturge ? Basson ? Ou géologue. La troisième génération peut se permettre de ne pas gagner son pain, elle a droit à la réalisation intérieure, elle peut affréter son âme et croire qu'il s'agit d'une réalisation personnelle. Les racines frémissent et cherchent. Elles transportent les particules mortes d'une autre terre.

La troisième génération tronque, elle est super cool et libre de culture, ou bien elle est à moitié chez elle dans son pays, à moitié chez elle dans son langage, elle se forge une identité dans les traces laissées par la pierre, porte la période d'immigration de son sang comme un tatouage sur le front, un tatouage au stylo, auto-imprimé, elle dit son nom avec fierté au milieu d'étrangers et à voix basse parmi ses compatriotes.

Génération petite-moi, moi-toute-seule. Génération ni l'un ni l'autre. La troisième génération est invisible, théoriquement, si sa peau correspond à la tapisserie – et elle le sait, ou elle ne le sait pas, mais elle porte en elle la traversée comme une défaite.

On pourrait le voir ainsi : le congé suicidaire est l'antithèse de la migration.

Je pensais à tout ça alors que j'étais assise sur une pierre dans le champ. Dominant le village, dominé par la montagne intouchée. Le congé suicidaire en tant que vengeance du descendant. Être si ingrat, se défaire des générations, celles qui sont passées comme celles qui passeront, ne pas se réaliser, ne pas avoir d'enfant, faire la grève, simplement, s'enfuir de la fête et hausser les épaules devant la ligne d'arrivée de la mythique quatrième génération, celle qui appartient à cette terre et donc n'existe pas.

La pensée me frappa avec une douceur rageuse. Je pouvais aller dans la montagne, dans les nuages, tomber quelque part et me briser la nuque, disparaître de mon manteau, de ma graisse, de mes poumons, disparaître dans la mousse. Je pouvais laisser la montagne me prendre, me recouvrir d'herbe, me recouvrir de pierre. Le sous-monde, ses bras et ses jambes de lave gris-brun m'enlaceraient, je pourrais me dissoudre et me confondre avec les fibres de la terre. Ce qu'il resterait de moi reposerait au point de départ, annulerait la force d'inertie, la volonté, l'avancée brutale de la pierre.

À mon retour, la maison avait trouvé le repos. La lumière de la cave était éteinte. Je n'arrivais pas à trouver l'interrupteur. Je tâtonnai un moment, finis par abandonner et descendis vers l'obscurité en tenant la rambarde. Je trouvai ma chambre, me mis au lit sous le sol, sur les fondations de la lignée.

Le matin suivant, nous descendions paisiblement la route depuis la partie supérieure de la commune, en direction d'abord du Ruth Smith Museum sur le port, puis vers le village de Tvøroyri, d'où le *M/S Smyril* partait pour Streymoy. Nous devions prendre le bateau et ensuite le sombre tunnel vers Vágar, vers

Gásadalur, mais grand-tante Ása avait proposé de nous montrer en premier lieu le musée.

La voiture, régulièrement secouée par les trous de la route, passa devant la maison qui avait appartenu à Ragnar et Beate. Elle avait été vendue depuis.

La petite bâtisse carrée était compressée entre deux constructions plus anciennes. Les murs étaient décolorés par le temps, la peinture verte largement écaillée.

La pierre aux trolls reposait toujours sur le port. Je m'avançai autant que le permettait la ceinture de sécurité. Me remémorai la sensation contre ma main. Un souvenir de mon enfance. La mousse, douce et un peu visqueuse, et la surface dure en dessous.

La pierre bourdonnait quand on la touchait. Le pouvoir des trolls transperçait la mousse, jusque dans la peau. Un tressaillement éveillé dans la main, captivant comme le son d'une clôture électrique.

Nous nous étions garés sur le quai.

Le Ruth Smith Museum reposait au milieu du fjord, entre des containers et des barques empilées. Une petite maison jaune, l'ancienne école communale. Les horaires d'ouverture étaient variables. Grand-tante Ása faisait partie du syndicat, elle avait donc la clef.

Là, dans l'ancienne salle de classe, entre les paysages sombres et pourtant sucrés, sous le regard désespéré ou bien lourd ou bien résigné des lugubres autoportraits de l'artiste, il n'y avait pas de place pour les « ah, oui » d'Ása. Elle nous raconta la vie de la peintre. Sa main autoritaire pointait un mur après l'autre. Son visage exprimait une fierté chaude, couleur de lait, et je compris qu'elle voyait la peintre comme une amie d'enfance devenue quelqu'un.

Les rayons du soleil révélaient la fine poussière en suspension. La pièce se souvenait de son passé de salle de classe. Elle contenait une confortable somnolence.

Sur un buste créé par Gianfranco Nonne, le sourire de la peintre est fataliste, graniforme. Je cherchais dans ses yeux un endroit où vivre.

C'était au cours d'une nuit de mai qu'elle s'était glissée dans l'eau et s'était noyée. Juste là-dehors. Grand-tante Ása montra du doigt par la fenêtre. Dans le fjord. Il se disait qu'elle nageait souvent seule, qu'elle était une nageuse experte. Nager était facile pour elle, mais elle ne savait pas faire la planche. Elle était de ceux-là. J'arrêtai d'écouter et n'entendis donc pas si oui ou non cela avait été considéré comme un suicide.

Je la voyais. Elle flottait dans le ressac, dans le miroir brisé du ciel estival.

Un point dans l'univers.

Une toute petite île en train de disparaître.

Grand-tante Ása haussa un peu la voix en approchant de la fin. J'observai son visage. La radiance bleue de ses yeux. Elle conclut avec les strophes commémoratives d'Heinesen et chanta sans chanter.

Pour toujours dans les vagues nous verrons
Ton puissant visage perdu.

Plus tard, nous prîmes le bateau avec les rameurs, les étudiants et leurs gueules de bois. Certains braillaient encore. D'autres dormaient avec leurs pompons dans la bouche. Dehors, les faces striées de gris des îles glissaient sur l'horizon.

Gásadalur

Ce week-end-là, je me racontais à moi-même que j'étais née ici, à Vágar, à Gásadalur, un matin, accompagnée par la pluie. J'aurais aimé qu'un bourgeon en moi ait grandi ici, qu'il appartienne à ce lieu, à la pierre, aux effluves verts.

Autour du petit groupe de maisons qui forme le hameau, il y a la montagne. Les nuages. Plus loin, la vallée se termine brutalement. Elle plane en équilibre au-dessus de la mer et d'une formidable cascade. Un escalier vertical mène de la fin de la vallée aux vagues, si loin, si bas. Nous n'avions pas rencontré le moindre touriste. La vallée était à nous, et aux oiseaux. Profonde et calme. Les locaux allaient et venaient dans leurs voitures à travers les tunnels.

Avant que le tunnel soit terminé, le seul accès à la vallée était un chemin escarpé qui passait par-dessus la montagne. Je me souvenais de la construction, un été. De l'explosion. D'un autre été, j'avais le souvenir du trajet sur le dos de la montagne. Là où c'était le plus raide, la Tarentule s'affaissa. La descente, lors de laquelle on voit tout. Il était trop long et trop instable pour cette promenade si près du vide, de la chute. Il se traîna le reste du chemin, recroquevillé.

Ma mère et un cousin gambadaient loin devant. Je sentis un picotement dans les jambes, et finis par m'accroupir aussi. Voilà que nous rampions tous les deux vers le bas.

Derrière la muraille de roche, plus loin dans la vallée, reposait le foyer originel de ma omma. C'est de là qu'elle partait à pied, dans son enfance, avant le tunnel, par le sentier. Les maisons basses couvertes d'herbe du hameau, les granges à bois, le rouge d'une brouette rouillée, les grosses pierres des murets. Elle avait côtoyé toutes ces choses.

Je me promenais au milieu des constructions et pensais aux invités de grand-tante Ása, lors de la Saint-Jean. Leurs pas sur le sol, leurs embrassades et leurs baisers. J'avais un morceau de papier dans la poche avec les noms les plus importants, les plus proches. Je pensais alors à Bára, à la fois où j'avais tenté de lui expliquer une chose ou une autre sur un membre de ma famille. Le terme exact dont j'avais besoin m'échappait, même en danois. « La fille de la cousine de ma mère, non, de la cousine au troisième degré de ma mère, je crois.

— Ah, avait répondu Bára. La famille proche, quoi. »

J'avais ri dans ma bière. Bára m'avait regardée en se penchant au-dessus de la table basse. « C'est quand même triste pour les Danois d'avoir de si petites familles, non ? »

Ma mère m'avait aidée avec la liste de noms. Elle avait aussi noté un peu fraîchement qu'eux n'avaient pas de problème à se souvenir de mon nom. Je m'étais défendue en disant qu'ils n'avaient qu'un nom à retenir, eux. J'avais la sensation d'un grand tas de documents. De rencontrer ma famille comme une leçon que je n'avais pas tout à fait apprise.

Une troupe de cygnes naviguait au-dessus des toits de Gásadalur.

Je laissai l'air humide tâter mon visage.

Des trèfles en fleur tressaillaient près de la cascade. Des étourneaux dormaient sur le toit d'un tracteur mort.

Une voiture avançait en silence sur la route qui s'échappait du tunnel.

Rien d'autre.

La verdure tout autour était fraîchement lavée par la nuit. En me retournant, je vis ma mère au milieu de tout. Elle se penchait pour toucher quelque chose. Légère. Elle saluait l'herbe entre les rochers. Je vis la couronne de brume autour de sa tête. La lumière à l'intérieur de sa peau. Son manteau rembourré, noir, qui scintillait d'humidité. Tout ce que ses mains prenaient avec tendresse.

Nous approchâmes de la petite maison commune pour écouter la prière du dimanche. Devant la porte, une humilité s'empara de nous. Nous chuchotions. Nous voulions éviter d'attirer l'attention sur nous. Nous restâmes donc dehors pour écouter, en nous tenant les mains.

Je voulais dire quelque chose au sujet de l'orgue électrique, ou quoi que ce fût, que nous nous comportions comme des touristes, des espions, en approchant à pas de loup de cette façon. En cherchant ma mère du regard, je la découvris absente. Son visage était fermé. Son menton s'agitait doucement au son de la mélodie. Elle la reconnaissait.

Nos ombres sur le mur étaient pleines d'eau.

Après, elle caressa ma joue.

Encore après, la Tarentule vint nous trouver, me donna un petit coup de coude et dit : « Regarde, le sentier là-haut. »

Jegvan obtint l'argent qu'il y avait. Il alla à l'école des officiers de Copenhague. Les choses se passèrent bien, et le papé eut le droit d'étudier. Un oncle habitait à Vordingborg. Il n'y a là aucune école d'ingénierie, mais on pouvait apprendre à devenir enseignant. Et ça, d'après Ingrún, c'était mieux que rien. Le papé avait pensé qu'il ne pouvait en être autrement, et qu'il en serait donc ainsi.

À cette époque, le papé et ma omma étaient fiancés, pas mariés. Elle travaillait à la fabrique de filets.

« Pourquoi est-ce qu'elle n'est pas simplement partie avec lui ? »

Les femmes avaient souri. Ma mère. Grand-tante Ása. L'idée selon laquelle elle devrait débarquer, se trouver à la rue, sans emploi, appauvrie, dans toute cette étrangeté. Qui souhaiterait cela à son aimée ?

Je ne sais pas comment ces deux-là ont pris congé. Telles étaient les conditions. Il partait, elle restait.

Un an plus tard, elle prit le bateau de Tórshavn.

Petit passager

Le bateau exerce son roulis entre les fjords, dans la nuit.

Marita n'a pas peur. Elle attend l'éjection, le sang. L'obscurité ferme l'œil-de-bœuf et renvoie les mouettes chez elles.

Il n'y a maintenant plus que la mer.

La cabine est étroite. Deux couchettes et une table fixée au sol.

Marita repose dans la couchette inférieure, un demi-mètre de gaze sous elle. La matière colle à ses cuisses. La couche, détrempée de sueur, lui ronge l'aine.

Les serviettes de l'hôtel d'Ingrún sont épaisses et blanches comme la neige, brodées d'initiales. Elle a volé quelques-unes des petites, les a étalées et nouées pour former des poches étroites. Elles sont maintenant prêtes dans la pénombre de la couchette, sous la couverture bourrées des restes d'un tablier déchiré, de deux paires de chaussettes en laine, et d'un maillot de corps mis au rebus. Il y a aussi une petite nappe au crochet.

Le fœtus a la taille d'une noix.

Elle se l'était imaginé comme un cerveau luisant dans la chair, un chardon de sang, un petit insecte se dépliant. Les lèvres mouvantes. Les petits os durs.

Le dégoût est lourd comme une panique.

Une jeune femme ronfle dans la couchette supérieure. Marita imagine son haleine grasse et alcoolisée qui s'échappe de sa bouche ouverte, vulnérable. Cette femme a quelque chose de chevalin. Un peu plus tôt, elle triturait d'un air habitué un lourd anneau d'or. Elle respire maintenant lourdement par le nez, ivre morte, et de temps à autre une quinte de toux humide la secoue. Ça n'avait pas besoin d'être plus chic que ça, se dit Marita.

Son utérus se contracte paresseusement. Une sensation froide au niveau du coccyx. L'insecte est lourd sur les organes mous, il accompagne le roulis du bateau. Elle a déjà essayé de s'allonger sur le côté. Son petit passager avait suivi, faisant couler son ventre sur le matelas.

Une douleur sourde tient le bas de sa colonne vertébrale comme un poing serré. Donne un coup de temps en temps.

« L'inflammation fait son œuvre. Le corps se vide. »

Ragnar avait dit ça. Il n'avait pas salué son départ de la main. Il s'était comme recroquevillé dans le contrejour alors que le bateau s'éloignait. Autour d'elle, sur le pont, les voyageurs se tenaient en petits groupes, certains avaient des enfants et des bagages dans leur étreinte, d'autres simplement un bras idiot qui s'agitait dans le vent. Quelques oies dédoublées par le miroir de l'eau disparaissaient dans l'ombre des barques suspendues. Marita était heureuse. À ce moment, elle l'était.

Plus tard, elle s'était dit que le bateau était une grosse et aimable créature qui crapahutait sur la surface bleu-vert, entre les îles et les brisants. Elle avait entendu le cri d'un pluvier dans le fjord, ce double à-coup comique venant de la gorge. Puu-yii, puu-yii.

Elle avait tourné son visage vers le ciel, pris le soleil dans sa bouche. Elle pensait à ce pays au loin, doux et chaud comme un œuf. Son sourire de blé jaune ondulant, le bourdonnement de ses insectes.

La première décharge de douleur était venue dans son dos, courte et tranchante comme le cri d'une corneille. Elle avait haleté. La corneille avait enfoncé son bec dans son intimité et avait donné un coup de tête spasmodique. Elle avait crispé les mâchoires. Le soleil s'était éteint. Elle s'était glissée sous le pont, tâtonnant après la douleur.

Cette histoire avec Ragnar, comment l'expliquer ?

Le ciel étincelait, c'était une nuit de juin. Il y avait eu des danses dans le village voisin, au sud. La montagne verte planait au-dessus des pierres. Ils s'étaient éclipsés tous les deux pour rentrer, étaient tombés et étaient restés allongés. Il se défaisait de son âge pour elle, de son sérieux.

Il reposait dans la mousse comme un pagure nu. Elle avait posé ses doigts sur son ventre rond qui brillait d'une lueur pâle entre les poils noirs. Il avait tressauté, surpris, et ils avaient ri. L'odeur de sa barbe était sombre, elle rappelait l'huile de baleine. Marita avait pris l'odeur dans sa main et l'avait étalée sur son visage.

Il y avait eu cette fois, et puis une autre, un peu embarrassante, qui ne comptait qu'à moitié parce qu'ils s'étaient écroulés de rire et avaient abandonné à mi-chemin. Leur amitié était devenue plus profonde, et plus légère.

Un matin, ils avaient trouvé un bébé perroquet de mer dans le ruisseau. Ragnar était en plein milieu d'une histoire à rallonge quand elle l'avait aperçu. Il tournait en rond, perdu, un minuscule bateau à vapeur, il glissait contre les pierres mouillées. Ragnar avait ri dans sa barbe. Il avait mis le petit tas de plumes dans la poche de sa chemise, et ils l'avaient emmené sur le sentier. Le cœur de Ragnar avait couiné jusqu'à la mer.

Les oiseaux sont plus malins que les hommes, disait-il volontiers. En particulier les mouettes, celles qu'il appelle le prolétariat de la mer. Quand il se tient sur le quai, entouré d'un nuage d'ailes d'un blanc sale, il milite pour l'armée des esclaves de la faim.

La mort peut être un domaine dans lequel on entre lentement. Une longue amitié.

La douleur s'amplifie. La laine picote son entrejambe. Dans cette cabine, dans cette boîte à pilules, dans ce four. La chaleur sous la couverture.

Au début, elle avait fait comme si de rien n'était.

La date du voyage approchait.

Elle était rentrée pour saluer les siens. Sur le chemin du retour, elle s'était arrêtée pour voir Ingrún à l'hôtel.

« Tu dois avoir hâte de revoir notre Fritz. »

C'était un ordre. Ingrún versa du café dans la blancheur de la porcelaine de sa grande main osseuse.

Fritz. Avait-elle hâte ? Oui, elle avait hâte.

Marita s'amaigrissait, nota la tenancière de l'hôtel en lui proposant une part de génoise, sa satisfaction à peine voilée.

Marita laissa passer un morceau gluant de pâte sucrée dans sa gorge pendant qu'Ingrún lui relatait quelques difficultés de ses affaires. Une fille de la blanchisserie avait déserté son poste. Une autre s'était enfuie avec un type quelconque.

Ingrún avait beaucoup de choses sur le cœur. Marita pouvait se contenter de mâcher et d'acquiescer.

Des bruits de couverts et de porcelaine venaient de la salle à manger à côté.

Une chaise racla le sol.

Un fumet de pommes de terre chaudes, de viande, de bouquets de bruyère sur la table.

Un homme chanta gaiement quelques strophes en danois. Un autre lui intima le silence. Un courant d'air vivant d'activités et de vacances s'invitait jusque dans la cuisine.

Ingrún avait raison, elle perdait du poids. Au début, l'impatience avait rempli son ventre de mercure dissipé. Elle s'était dit qu'elle pouvait jeûner pour l'éliminer. Mais le petit insecte grandirait, elle le sentait. Elle le sentait se régaler de génoise. L'acidité du café vint rincer la bouche de Marita tandis que le flot rauque d'Ingrún continuait, et elle hochait la tête en cadence. En plein milieu d'un mouvement de tête, elle prit sa décision.

Marita dégage l'un de ses bras et palpe le fond de la couchette supérieure du bout des doigts. Et si elle se cognait la tête pendant la nuit ? Si elle s'évanouissait ? Il y a quatre petits pas de la couchette à la porte de la cabine. La salle de bains se trouve au bout d'un couloir carré, sans fenêtre. Les cuves d'émail blanc.

La mort d'un enfant peut être une purification, c'est écrit dans la Bible, c'est écrit dans la nature humaine avec du lait caillé. Elle a vu son visage dans le miroir écorché, le tic agitant ses lèvres. D'un sinistre surprenant.

Elle avait laissé son genou disparaître dans la main de Ragnar, il l'appelait petit soldat.

Au début, il avait été si heureux. Il avait fait montre de cette idiote fierté masculine devant sa propre progéniture. Elle avait dû énoncer l'évidence à voix haute. Ce qui devait arriver, comment les choses devraient être. Ils étaient ensuite restés dans le silence un moment. Étudiant en commun ses larges mains.

À la fin, il s'était levé brusquement, avait balancé son chagrin sur son dos et avait déclaré qu'il avait sans doute un livre utile. S'il devait en être ainsi.

Le col de l'utérus était dessiné comme la tige d'un verre à pied. Des traits sur le papier reliaient la tige et la petite cavité utérine triangulaire à des mots en latin. Ils les avaient lus ensemble. Plus tard, dans la plantation de pins, elle avait léché le fil de fer, serré les dents et raclé. Prié pour sa chair molle.

Les crampes sont sèches, elles râpent ses muqueuses.

Le bateau oscille à travers l'obscurité.

Le petit insecte remue à l'intérieur.

Le sang ne vient toujours pas. Les minutes se désagrègent, et forment des tas de secondes par terre. La nuit les ramasse une à une.

Un désintérêt indolent verse un peu de poison dans ses membres à chaque crampe. Une ombre tourne dans la cabine, silencieuse et attentive, comme un chat qui attend son lait. Elle transpire. La femme au-dessus se tourne dans un couinement de bois et vide ses entrailles d'air. La mer emprisonne le bateau de ses cuisses massives, serre la coque et murmure sans cesse.

Une ligne issue d'une lettre de Fritz :

Les îlots peuvent naître en une nuit, et disparaître en une nuit. Qu'y avait-il après ?

Loin sous la mer, toutes les terres se rencontrent. Il y avait plus, mais pour le moment, le reste lui échappe. Il professe, Fritz, il se fait érudit dans ses lettres, les emplit de ce qu'il apprend à son séminaire d'enseignants. Elle peut en sourire. À l'instant, elle essaye, en tout cas, et il lui semble que ça fonctionne à peu près.

Les lettres sont nouées en un paquet dans la valise, des premières usées et chiffonnées jusqu'aux dernières qu'elle a à peine lues. L'écriture est gracieuse, chaque caractère planté avec conviction sur le papier. Il y a une année dans ces lettres. De la tendresse. Une foi enfantine.

Elle repense à un moment de son enfance, chez elle. La fraîcheur scintillante entre les rochers plats de la plage. Elle courait vers le port avec le panier de café. Son corps était léger et creux comme une boîte de conserve. Elle se souvient de la lueur argentée d'une écaille de poisson mouillée.

L'huile et le sang sur des mains chevronnées.

Un pouce noirci ouvrait le ventre des poissons avec un *pop*.

Le village repose au plus profond du fjord.

Le ruisseau le tranche en deux.

Dans les jardins, derrière les clôtures basses, poussent des arbustes qui écorchent le vent. La vue vers Mykines. L'île dort d'un œil tout au bout du fjord. Elle la voit devant elle. Elle glisse lentement sous l'horizon, d'abord de façon régulière, puis saccadée.

Le premier sang est ridicule, comme de pisser dans son pantalon.

La chaleur s'écoule dans la couche et entache ses poils pubiens. Elle rit de ses dents dans une contraction violente. C'est ainsi, le soulagement. Maintenant, il lui reste simplement à vivre, ou à mourir.

Le temps se déverse. Un flot de chaleur noire.

Sa conscience semble s'éparpiller. De petites aspérités surgissent des brisants, les submergent, avant de couler pour ne faire qu'un avec l'écume couleur de chair. Des restes s'obstinent entre les contractions. Le sang et l'inflammation s'échappent d'elle. La couche s'alourdit.

Marita montre les dents dans le noir. Elle plie les genoux. Soulève son bassin et se change. Les petites poches disparaissent dans la nappe.

La salive filtre entre ses lèvres. Elle vomit dans sa bouche. Avale. Les crampes saillent dans toutes les directions, blanches et rigides, puis orange. De petites explosions à l'intérieur des paupières, des baies maléfiques qui éclatent.

Conserver les membres sous la couverture.

Rappeler ses muscles à soi comme des chiens.

Un oiseau marin passe dans l'immense obscurité, là-haut. Le ciel est laineux, la mer calme. C'est cette heure, au plus profond de la nuit, où la terre est une question de foi.

Marita se tient recroquevillée dans l'air aride, elle laisse la fièvre quitter sa peau. Le ballot glisse en silence par-dessus le bastingage et disparaît dans le noir, au milieu des clapotis.

Ils ne sont finalement pas si malins que ça, les oiseaux. Certains d'entre eux doivent bien faire un faux pas et chuter dans la mer. Elle s'imagine les fonds marins comme ça. Parsemés de petits cadavres blancs.

Marita perçoit le sang qui continue de la fuir. Elle sent la chaleur piétiner et vociférer dans ses muscles. La fièvre est comme un vin ardent. Ses jambes la portent.

Éolie

Nous avions chargé la voiture et quitté Gásadalur. Nous allions passer deux jours à Tórshavn avant de revenir à Suðuroy via le ferry.

Je fermai les yeux dans le virage serré juste avant le tunnel. Pensai à toutes les petites croix que l'on voyait plantées sur les bas-côtés. Les fleurs élancées. Les glissières de sécurité cabossées. Parfois, les moutons traînent en plein milieu de la route. Surgissent du brouillard. Il n'y a aucun panneau, aucun « Prudence ! Surgissement de moutons ! ».

J'avais hâte de goûter le pain noir maison de grand-tante Anna et d'entendre le son de son réfrigérateur bleu végétal, qui ronronnait comme une Jaguar.

La maison de grand-tante Anna était le cœur de Tórshavn. Au milieu de ce cœur, Anna résidait, mi-figure mythique, mi-bibliothécaire, avec ses cheveux d'un blanc de craie, sa délicate peau de lait et son infinie connaissance de l'histoire des îles. Elle savait raconter les pirates venus des lointaines Algérie et Turquie, les Celtes aux yeux dorés ramenés par les premiers Vikings qui s'étaient installés ici. Chez grand-tante Anna, être fille de tarentule n'était pas grave.

Après le tunnel, la route passait près des toits couverts d'herbe de Bøur, de la plage couleur de plomb, et offrait une belle vue sur Tindhólmur. L'île projetait son échine dragonesque vers les nuages. Autrefois, elle était inhabitée. On la pensait maudite, et elle avait le droit de s'éroder en paix. Depuis, il me semble qu'elle héberge quelques maisons d'été.

La route continuait ensuite le long du fjord de Sørvágs, sa plage, son eau plate au bout de laquelle on apercevait Mykines, avant de traverser la commune elle-même. Nous dépassâmes les hauts soubassements de l'église, l'arbre peint en noir, les tombes contenant mon ADN. Toujours plus loin, devant la petite maison blanche au milieu de la prairie qui reposait au-dessus des limites du village. La maison semblait avoir discrètement escaladé la montagne depuis notre dernier passage.

Nous avions résidé dans la maison blanche un été. Avec omma et le papé. J'avais six, peut-être sept ans.

Une fenêtre à pignon y révélait une vue imprenable sur la commune et le fjord. Je me souvenais de la sensation de voir Mykines s'approcher un peu chaque fois qu'on clignait les yeux.

Cet été-là, j'avais porté mon chandail en laine comme un maillot national. Des enfants plus âgés couraient et jouaient près du ruisseau, un peu plus bas. Ils m'avaient laissée me joindre à eux. Je leur avais raconté que ma famille possédait toutes les maisons. Ils s'adressaient à moi en danois, et j'en avais déduit que je parlais féroïen. J'étouffais les tranches de boudin chaud sous une montagne de sucre en poudre. Je voyais le crépuscule éteindre les fleurs dans la prairie. J'étais trop petite pour comprendre notre tourisme.

Sur la route entre Sørvágur et Tórshavn, on traversait Mjørkadalur, la vallée de la brume. Quand la voie s'y engouffra, le soleil disparut. Je m'équipai de mes écouteurs.

It's still early in the morning, chantait Björk.

Des nuages d'un gris éléphant tournoyaient entre les murs de la vallée comme un lourd spectacle de lumière centrifuge qui troquait ses nimbus contre d'autres nimbus.

Une ancienne base militaire américaine reposait loin dans les hauteurs, qui est de nos jours affectée à un service de probation. Celui-ci sert de maison d'arrêt avec de la place pour douze détenus. Les peines les plus importantes sont confiées au Danemark. Le meurtrier qui avait attendu sa peine là-haut il y a peu avait été le premier en vingt-trois ans. Je ne savais pas où il se trouvait maintenant. Herstedvester, peut-être. Ou la prison de Vridsløselille. Je fus frappée par l'idée que les Îles Féroé sont peut-être le seul pays au monde à ne pas avoir de véritable prison. La pensée me rendit d'abord fière, puis honteuse.

« Comment ça marche les histoires de prison pour les jeunes, les institutions fermées, ce genre de choses ? »

Ni la Tarentule ni ma mère ne savait avec certitude. J'insistai. Demandai si les jeunes étaient envoyés ailleurs, dans notre pays, pour être enfermés. Ce que je voulais dire : si pour embrasser son gamin de seize ans et lui livrer des sous-vêtements propres, une mère devait chaque fois acheter des billets d'avion à plusieurs milliers de couronnes, ne devrions-nous pas savoir ce genre de choses ? Ici, au sein du royaume ?

Ma mère doutait que la jeunesse féroïenne soit particulièrement criminelle. La Tarentule mentionna une histoire de moutons renversés. Ma mère répondit que dans ce cas, les Îles Féroé ne manquaient pas de bonnes occasions pour les jeunes de commettre des crimes. J'abandonnai. Les nuages restaient accrochés au-dessus de la vallée.

Nous retrouvâmes la lumière.

Grand-tante Anna avait hérité le cœur de Tórshavn de sa mère. Je compris à l'instant qu'Ingrún était sa mère. Je ne le savais même pas. Cela faisait soudain de sa maison une autre maison. J'étais allongée dans la chambre d'amis, au milieu de la nuit claire, et je regardais à travers les rideaux.

Je regrettais d'avoir fait Ingrún si rude, de la comparer à une figurine d'allumettes et de châtaigne, quand Anna était si douce, et avait des mains délicatement dessinées.

Ingrún était pourtant comme elle était. Je n'y pouvais rien. L'image des bras-allumettes et du ventre rond était solide. Ses grandes mains.

Pour mettre de l'eau dans mon vin, j'exprimais une humilité béate à toute chose dans la maison. Je prenais l'escalier à pas de loup. Je me déplaçais avec attention et manipulais chaque fourchette, chaque tasse avec la plus haute révérence.

Nous étions assis dans la cuisine. Sur le réfrigérateur bleu, il y avait une carte postale avec des palmiers et un parasol de plage orange. La Tarentule buvait une bière brune féroïenne. C'était le soir. Le soleil formait un carré blanc sur les rideaux.

Grand-tante Anna prit la mesure de mes mains, puis se mit à tricoter. J'inhalai le parfum légèrement gras de la laine brune.

Grand-tante Anna tricotait en féroïen. Le fil suspendu aux index levés, la maille glissant à la verticale d'une aiguille à l'autre, un mouvement doux et régulier, *shou*, *shou*, *shou*, les coudes immobiles. La différence parcourait son corps de tricoteuse tout entier. « Regarde, dit ma mère. Elle lie ».

Que la vie de ma mère se déroule en danois, même ses tricotages, était un choix de ma omma. Elle avait appris la méthode danoise et l'avait transmise à ma mère. C'est ainsi que son corps de tricoteuse s'était fait danois, et c'est ainsi que mon corps de tricoteuse s'était fait danois, c'était l'assimilation par l'artisanat.

Mais avec le temps, quand tout le monde eut appris, ma omma s'était retirée derrière ses *shou, shou*, et avait continué à lier comme elle l'avait toujours fait.

Je me souvenais d'une fois, dans le salon télé de la maison au milieu des champs :

Le bruit de la tondeuse à gazon du papé et l'odeur d'herbe entraient à flots par la fenêtre ouverte. Omma était assise dans l'un des fauteuils en velours. J'étais un tas de fils de laine emmêlés dans l'autre. Les week-ends où ils me gardaient passaient de cette façon. *His & Hers.*

Brooke était enceinte et se disputait avec Ridge.

Je jurai. Je venais de perdre la moitié de mes mailles. Omma laissa de côté son ouvrage et s'empara du mien. L'intense présence de ses doigts écartés. Ses yeux toujours collés à l'écran et à la mâchoire ciselée de Ridge. Dès l'instant où ses mains se posèrent sur ma laine verte, elles choisirent le danois. Le processus était automatique, je le voyais bien. Les mains d'omma parlaient une langue étrangère maladroite, une langue qui était la mienne, la seule que je connaisse. Les aiguilles s'entrechoquaient d'une façon gauche, désagréable.

Après ça, je n'avais plus envie de tricoter ni de regarder *Glamour*. Mon joli projet vert disparut dans le panier de laine et mourut à la suite d'innombrables coups d'aiguilles pendant qu'omma était partie chercher du thé.

J'étais dorénavant une âme en colère, je ne voulais pas de Lipton avec du lait, j'errais sans but dans la maison, couverte de fils de laine verte.

Je me déplaçais entre les taches sombres du salon, la pénombre révélant la poussière en suspens au-dessus des meubles quand le soleil adoptait le bon angle. J'étais un monstre dans l'interstice entre fauteuil et mur. Je restais assise là, attirant à moi les ombres comme le ressac pour les avaler tout entières. Prête à les recracher sur un quelconque marin.

Le papé emmena avec lui la lumière de l'extérieur.

Une fragrance vive enveloppait ses mains. Fleurs de ciboulette et humidité de serre. L'odeur de la terre était toujours attachée à lui, lourde et sèche, comme s'il transportait un lieu entier avec lui.

Il me vit, cachée dans ma caverne. Je sifflai, un peu hésitante. Il alla alors chercher le livre, l'agita et s'en servit pour me capturer.

Le luxueux moteur du réfrigérateur d'Anna et son *shou, shou* régulier s'insinuèrent dans le salon avec lui, où il s'installa et ouvrit la relecture de l'*Odyssée* par Morten Pontoppidan.

Quand le papé lisait à voix haute, c'était un dialogue pudique sans fin. Son mal du pays transpirait entre les lignes. Je suivais le texte de mon index.

Le chapitre que nous lisions évoquait l'île d'Éole, le roi des Vents, où Ulysse s'était échoué et était resté tout un mois. Le papé posa le livre, leva les mains et me montra l'immensité bleue, puis le mur de bronze et son tonnerre de rouge – l'île était amarrée derrière ce mur. C'était nécessaire, expliqua-t-il, ou elle risquait d'être emportée et de disparaître sur la mer.

D'où venait-elle ? demandai-je.

Je ne dormis pas dans le cœur de Tórshavn, je ne pouvais pas.

La nuit était claire et calme. La maison enserrait mes bras et mes jambes comme des allumettes. Je l'avais trahie.

Je me promenais dans les ruelles tordues. La ville était, comme l'est n'importe quelle nuit dans la campagne, une toile de fond pour ce que j'avais dans la tête, une forme de carton en deux dimensions, une toile sur laquelle je m'éclaboussais.

À Viðarlundin, dans le parc urbain près du musée d'art, je m'assis au pied de la statue d'un marin mort à la guerre, sur son ancre de pierre. Il regardait au-dessus de ma tête. Les moineaux nous fixaient depuis les arbres diaphanes. Mon idée selon laquelle je pouvais voyager jusqu'à mon point de départ, retourner vers mon propre sang, me semblait soudain idiote.

Pendant notre séjour à Tórshavn, je subis des changements physiques, petits mais néanmoins notables. Mes cheveux changèrent de texture, se firent plus doux et plus lisses. L'air lavait les grains de mélanine de ma peau, les faisant briller. Le manque de sommeil prit également son dû. Je déambulais dans la nuit blême comme une généalogiste amatrice vaguement lumineuse.

Tôt un matin, je traversai le parc jusqu'aux anciennes maisons rouge bonbon recouvertes d'herbe de Tinganes, au bout d'une langue de terre. On pourrait croire que c'est la filiale nord-atlantique d'un musée en plein air. Puis on se souvient peut-être que c'était le lieu du Thing.

J'avais un inconfort dans le corps, un chagrin. Je me roulai en boule sur un banc, dos à Lagtinget, face à la mer. Éolie, l'île du roi des Vents, refit surface.

C'était le papé qui m'avait appris à collectionner les îles flottantes. Celle d'Éole fut ma première. La littérature européenne ne contient sans doute pas de représentation plus ancienne d'une île flottante, mais depuis, il y en a eu beaucoup. Ma collection foisonnait.

Les îles flottantes peuvent être construites par des humains, comme celles des Urus sur le lac Titicaca, leurs maisons à la dérive, ou bien elles se forment de façon naturelle sur de grands fleuves et se laissent porter jusqu'à la mer. Elles sont parfois boisées et pleines de vie animale. Il y avait l'île découverte par saint Brendan et ses moines irlandais, qui s'était révélée être une baleine. Il y avait les îles nées de la boisson des marins écossais assoiffés de terre, qu'ils rêvaient scintillantes au milieu des bancs de brume. Les îles paradisiaques de la mythologie chinoise et celles des Celtes, peuplées de nuages. Partout, de tout temps, les êtres humains ont rêvé, trouvé et construit des îles flottantes – une multitude de migrations géologiques à travers l'histoire, des îles mythologiques, littéraires, technologiques. Une flotte entière. Je voyais cette flotte devant moi, Éolie en pointe.

Je savais que le terme aréole, la zone colorée autour du mamelon, signifie « petite surface ouverte ». Ce lien obscur, ici implicite, entre deux des besoins les plus élémentaires de l'être humain, me consolait.

Poitrine dorée

Le temps englobe Copenhague comme un treillis en bois. Fritz lance un regard exercé vers la couverture nuageuse ajourée. Oui, ça devrait rester sec, maintenant. Il s'est habitué à la météo danoise, dont l'indolence rappelle une bête de trait. On en parle comme on parle du temps. Ce matin, quand la brume s'était invitée au seuil de Vordingborg, où il attendait, il avait plu un peu. Les gouttes se collaient fermement aux fenêtres, saupoudraient les champs et se cachaient dans la terre. Il restait là à les observer.

Le dernier jour d'août est gris et nerveux.

Quelques semaines plus tôt, deux ministres des Affaires étrangères, l'un allemand et l'autre soviétique, avaient signé un pacte scellant le destin de leurs nations. Fritz ne suivait ces choses-là que d'un œil, pour peu qu'il soit même au courant. Quoi qu'il en soit, le vaste monde lui semble bien loin, là d'où il se tient.

Devant lui s'étale le port industriel et son affairement. Un bourdonnement urbain débonnaire s'écoule au-dessus du canal. La rue du port a sa propre ambiance sonore, un bruissement paisible interrompu parfois par un cri, un son de cloche ou le grondement d'un tramway.

Le vent secoue un peu les mâts le long du quai, et il lui semble entendre un agréable murmure de courant d'air sous les toits des entrepôts tièdes. Il y a aussi une odeur de goudron et de marchandises terreuses.

Une matrone bleu marine, pareille à un paquebot, passe devant lui en remorquant son petit chien. Teuf teuf, se dit Fritz en riant sous cape à la vue d'un pigeon pansu qui frétille dans son sillage comme un autre mime.

Personne n'a parlé d'un retard du bateau de Tórshavn. Il n'est pas spécialement inquiet.

Que pensera-t-elle, sa Marita, de tout ça ? Des larges rues pavées le long du port, des allées, des arbres et de leur soupçon de rougeur, de la lueur avant la lueur ? Et de ces pigeons bouffis au grain dans lesquels personne ne rêverait d'enfoncer ses dents ? Que verrait-elle, son petit oiseau à lui, quand il irait vers elle en retirant son chapeau ?

Un homme, sans aucun doute.

Une personne pas tout à fait insignifiante dans un beau manteau.

Certes, le chapeau se balance sur des oreilles en haute altitude, et il est secrètement plein de gratitude envers le rembourrage aux épaules du manteau. Non pas qu'il soit franchement étroit à ce niveau-là, mais une année est une longue période quand il s'agit d'être séparés. On a le temps d'enjoliver. Bon, il est fraîchement rasé et parfumé.

Entre ses mains, il tient un bouquet de fleurs automnales enveloppées de soie jaune. De grands dahlias lumineux achetés au prix fort. Il tend le bouquet devant lui.

L'humidité du petit local du fleuriste était comme une bouche fraîche, sucrée, presque moisie. Il s'était laissé embrasser tandis qu'un petit homme aux allures de souris, équipé de longs gants de protection, un fonctionnaire égaré, ajoutait une fleur soigneusement sélectionnée après l'autre au fond coloré.

Bientôt, Fritz sentira la vie dans les poumons de Marita, à travers le tissu de sa robe. Ce reste d'air des montagnes qu'elle a préservé pour lui dans les délicates mailles du tissu. Ses cheveux exhaleront un fumet de mousse, de pierres humides. Cet air frais et clair comme une douche revigorante lui manque.

C'est ainsi qu'il pense à elle. Elle porte tout ce qui représente la maison dans son corps svelte. Ses yeux vifs et désirables, qu'on voudrait verser dans un verre de schnaps. L'eau de la vie. Il réprime un léger rire.

Un matin, elle était venue à pied vers la fabrique. C'est à ça qu'il pense maintenant. La façon dont son écharpe chuchotait à ses boucles brillantes. Ses mollets blancs et propres brillaient dans le soleil. Elle scintillait, elle marchait et elle scintillait. C'est aussi comme ça qu'elle naviguait vers lui, il le sentait, la verdure sucrée des montagnes entre ses lèvres. Voilà qu'il apercevait le bateau.

Le coup de vent qui précède le navire a un goût de fer. Un court instant, il voit clairement devant lui le village, son chez-lui, quand le vent perce le couvert du brouillard et éclabousse les toits rouges, verts et noirs d'une soudaine gerbe de soleil estival. La façon dont la lumière se précipite et vacille sur le métal des poignées d'aviron et le bois goudronné des bateaux. Les incommensurables ombres des nuages ondulent sur le flanc de la montagne.

Fritz n'est maintenant plus qu'un chapeau parmi tant d'autres le long du quai. Peut-être qu'il a l'air un peu étrange, finalement, avec ses chaussures blêmes et son chapeau haut perché au-dessus de ses oreilles.

Il manipule délicatement la soie jaune. Un instant plus tôt, elle chatoyait d'une façon sardanapalesque, maintenant, elle lui semble moite, déplacée.

La trame du ciel est verrouillée.

Il y a un bruissement de parapluies défensifs.

Le bouquet lui apparaît soudain si beau. Il le glisse sous son manteau autant qu'il lui est possible. Le voilà qui se tient comme un autre Napoléon, bas et ramassé, enivré par le mal du pays.

Un gosse en culotte courte bondit soudain dans les airs et libère une vague d'anticipation dans la foule : « Papa ! » Fritz ressent une pression autour de sa pomme d'Adam. Lui aussi distingue maintenant les silhouettes sur le pont. Il fixe à s'en faire mal. La pluie tombe en longs fils brillants. Une nuée de drapeaux danois s'élèvent comme d'un commun accord, les parapluies s'agitent nerveusement, et ça y est ! Il la voit.

Fritz oublie tout de son idée de soulever gracieusement son chapeau. Il l'arrache et agite la main en l'air comme un possédé.

Le mouvement rythmique de l'énorme moteur résonne dans le ventre de Marita et fait vaciller sa poitrine. C'est le chant victorieux de son corps, profond et persistant. Elle écoute attentivement tandis que le bateau accoste dans un grondement épique.

Le ballot a disparu, le petit insecte a coulé au fond de l'océan. Elle ne le ressent plus maintenant que comme une lourdeur secrète, qui de temps à autre se condense en une douleur lasse. Ses muscles sont agités de tics comme après une longue journée de marche en terrain escarpé.

Elle la sent : sa robuste musculature, vivante.

Depuis le pont, loin au-dessus du quai, elle a vue sur pratiquement toute l'imposante ville. Elle s'étale comme nappe blanche couverte de somptueux gâteaux. Le glaçage coule le long des toits.

Ce qu'elle est maintenant n'a pas de nom. Cela s'étire avec elle à la pointe de ses doigts tendus vers le bastingage qu'elle aimerait arracher pour marcher dans les airs, au-dessus de la rue du port et des entrepôts, droit dans le monde.

La joyeuse activité sur le quai attire son regard. Elle baisse les yeux. Les gens là en bas lui semblent minuscules, dérisoires. La pluie ne cesse de tomber sur les chapeaux et les drapeaux qui s'agitent au vent. Plus que tout, ils ressemblent à une myriade de fourmis qui auraient élu domicile au pied du navire, chargées d'ailes de mouches et de baies rouges.

Un rayon de lumière capte alors son attention. Son œil se détache de la foule. Une ouverture dans les nuages déverse une douche de soleil sur la ville et éclaire comme un spot un large dôme.

Marita n'a jamais rien vu d'aussi drôle.

Le dôme, qui flotte au-dessus des toits, lavé et doré par la pluie, se met à nu et offre au ciel grand ouvert son mamelon de beurre.

L'œuvre

Les jours à Tórshavn passèrent comme une sorte de palpitation.

J'écoutais grand-tante Anna. La lumière randonnait sur les rideaux de la cuisine. Les pierres dans le petit jardin étaient mouillées par la pluie, puis séchaient à nouveau. Je buvais le café noir pendant que les gants prenaient forme entre ses mains et qu'elle parlait d'omma et papé.

Comment ils étaient venus en voyage, un été d'après-guerre, une fois qu'il était de nouveau possible de voyager, chargés de cadeaux.

« Il fallait toujours que tu sois si chic », avait-elle dit à ma mère.

La omma, ils l'appelaient la Reine.

Elle se promenait dans ses plus beaux atours amidonnés, une carte postale. Le meilleur du Danemark. Elle tenait le vieux pays dans ses bras tendus. Je la voyais sur une vieille photo, la distance. On y discernait des femmes à une fête de famille, leurs coiffures sombres, leurs robes sombres, leurs bras lourds sur la table. Et là, ma omma, pas au milieu mais tout de même au milieu, une sérigraphie au collier de perles scintillantes et à l'échancrure carmin. Ses cheveux éclaircis.

« J'avais dû porter des gants blancs un été entier », dit ma mère.

Grand-tante Anna raconta que l'oncle Jegvan avait disparu en mer pendant la guerre, qu'il avait été absent des années. Personne ne savait s'il était vivant ou mort. À Klaksvík, sa fiancée attendait. Et Jegvan étant disparu, peut-être mort, il ne pouvait pas payer les études d'ingénieur de Fritz, pas vrai ? Les choses étaient comme ça, disait Anna en hochant la tête. Quand Jegvan avait fini par revenir, la vie avait suivi son cours. Le papé avait maintenant un emploi fixe, de toute façon, et une famille.

Mais l'oncle Jegvan, où avait-il été pendant toutes ces années ? Avait-il navigué pendant toute la guerre ? Pour qui ?

Grand-tante Anna termina une pelote de laine et se saisit d'une nouvelle dans le panier. Elle déclara qu'elle ne savait pas grand-chose de plus de cette histoire.

« Tu es sûre ? »

Grand-tante Anna savait tout.

Jegvan était revenu, ça, elle pouvait l'affirmer. Il s'était marié avec la fille de Klaksvík et avait obtenu une pension de la flotte américaine. Une sorte de distinction honorifique. Je voulais en savoir plus, mais toutes les questions que je pouvais poser n'eurent d'autre réponse que les secousses rapides de la laine, et ceci : « Nous autres vieilles personnes, on oublie. »

Quand le cœur de Tórshavn s'endormait, je dérivais entre le parc et le port, vers Skansin, Tinganes, le vieil hôpital. Je croisais quelques touristes dans les rues, et je choisis de mépriser leur évidente frustration quant à l'absence de vie nocturne. Le silence entre les bâtisses compressait et amplifiait leurs voix. Je les dépassais en accélérant l'allure, le regard fixé vers une entrée imaginaire où mes bottes et mon manteau résideraient. De mes yeux, je leur disais qu'ici, nous étions fatigués des touristes qui dérangeaient nos nuits.

Je somnolais sur un banc devant un bâtiment rouge bonbon.

À mon réveil, une lumière bleu clair, éclatante, avait effacé toute différence entre les éléments. Une couverture céruléenne s'était étalée sur les bateaux.

Un navire de croisière au loin.

Le bleu était infini, et infiniment doux.

Je flottais dedans.

Je tendis la main devant moi, elle devint bleue. Elle tremblait.

Dès notre retour à Vágur, je dormis.

Qu'est-ce que je savais, maintenant ?

Omma était arrivée à Copenhague la veille du jour où les Allemands avaient piétiné la Pologne. Elle avait trouvé un emploi de fille de salle à l'hôpital de Vordingborg. Le papé étudiait pour devenir enseignant. Ils envoyaient des photos rieuses chez eux. Une photo d'omma dans une robe blanche, sur une plage, le papé aux manches retroussées, une photo d'un temps de neige, d'un été tardif, d'un autre hiver, une photo d'un printemps, et les courriers prirent fin.

Il avait été heureux, mon papé. Sur les photographies datant d'avant l'Occupation, il avait l'air heureux. Il n'avait pas l'air d'un homme dont les rêves d'avenir reposent au fond de l'océan, ou bien sont noyés dans le rhum d'un estaminet sur un quelconque port. Peut-être avait-il déjà, à cette époque, abandonné l'idée de la centrale électrique à Botni, la dignité de l'ingénieur. Cela revenait au même. La centrale était quand même son point de départ, son Ithaque, et donc mon point de départ, vers où il voulait retourner.

Un matin, nous nous y rendîmes.

L'homme vint vers nous en marchant le long de la route pleine de trous, les jambes arquées comme un marin à la retraite.

Les petits populages des marais brillaient jaune comme un velours nerveux. Ma mère se pencha pour en ramasser. Il fallait toujours qu'elle touche le sol, qu'elle prenne un peu de terre et l'emmène avec elle dans les crevasses de sa peau. L'air était bon, frais et humide. Les fleurs et les petites pierres comme du botox pour l'âme, disait-elle.

Nous avions garé la voiture un peu plus bas au bord de la route. Nous allions faire le reste du chemin à pied, la Tarentule dans ses chaussures de randonnée usées, ma mère d'une démarche souple et vive. Impossible de l'ignorer : être ici la rendait plus légère, plus luxuriante. Elle retrouvait son élasticité.

Je me retournai pour voir si l'homme que nous avions croisé allait à la rencontre de quelqu'un d'autre. La route disparaissait dans la brume. S'interrompait brutalement quelques mètres après la voiture.

Le brouillard avait posé un couvercle sur le village. La grisaille exhibait fièrement la verdure. Les parages de la centrale sont pourtant un endroit couvert de cicatrices. Couleur de poussière. L'un des rares points de laideur de Suðuroy. Il n'y a probablement que les environs lunaires et désolés de l'hôtel de l'aéroport à Sørvágur pour rivaliser de tristesse.

D'énormes tuyaux gris zigzaguent entre la centrale et la montagne. Ils sucent l'eau des lacs sur la côte Ouest de l'île. L'un d'eux s'enfuit avec la route. Un gros ver industriel.

Nous ne connaissions pas l'homme qui s'arrêta

et porta la main à sa casquette, mais il nous jaugea du regard. Il ne s'attarda pas sur la Tarentule. Sa peau foncée et ses longues jambes ne correspondaient pas au terrain, mais ma mère, elle a les yeux. La peau d'ivoire. Le vieux avait hoché la tête lentement.

« Ça doit faire longtemps que tu n'es pas revenue à la maison. »

Un instant délicat. Il n'avait aucune idée de qui elle était. Je me dis que le sang reconnaît le sang.

Elle répondit dans un mélange de danois et de féroïen, en *gøtudansk*, en pardonne-mon-féroïen, en danois à l'accent féroïen. Sa voix se fit claire, presque enfantine.

Oui, elle était la fille de Fritz de Vágur, peut-être l'avait-il connu ? Elle-même avait grandi au Danemark, mais la famille habitait toujours ici.

Elle se tenait là, raide, écrasant les petites fleurs jaunes entre ses doigts.

Nous avons enterré Fritz au début de l'été, dit-elle. Quand il était jeune, il avait été obsédé par la centrale électrique, nous nous sommes donc dit que nous allions venir la voir.

Elle nous présenta. Je captai le mot *hjá*, qui, il me semble, signifie à la fois *chez* et *qui appartient à*. Ou quelque chose comme ça. Ma mère était fille *hjá* Fritz de Vágur, j'étais la fille *hjá* elle et la Tarentule. L'homme m'observa de ses yeux d'un bleu liquide. Moi, le produit du mélange. La version diluée. Il adressa ensuite un signe de tête compatissant à la Tarentule. Il n'était *hjá* rien du tout, juste un étranger.

Le vieux regarda dans les profondeurs du brouillard et hocha à nouveau la tête, encore plus lentement. Son manteau ouvert avait probablement été rouge, à un moment ou un autre dans les années quatre-vingt. Il portait un chandail brun tricoté sous le plastique. Des boutons d'argent autour de hautes épaules. Il parlait comme le papé, comme parlent les vieux *vágbingar*. Des mots qui tournent lentement à la recherche d'un endroit où se garer.

Oui, il se souvenait du père de ma mère. Il y avait eu cette fois, il s'en souvenait, où ces deux-là avaient invité un couple de commerçants russes à une petite sortie de pêche. Le liquide bleu de ses yeux gloussa. Ces Russes n'étaient pas aussi robustes qu'on aurait pu le croire. Ils n'avaient pas tenu la cadence. On aurait pourtant cru que ceux-là, parmi tant d'autres, pouvaient encaisser une larme de schnaps.

J'écoutais l'histoire, debout sur l'asphalte rafistolé, la brume pressante derrière moi.

Je me l'imaginais comme ça : deux Russes acheteurs de maquereau, des gangsters du hareng, et deux Féroïens dans un *fýramannafar*, un bateau féroïen à quatre rameurs. Tous ronds comme des queues de pelle. Les Russes, grands et sveltes en veste et manteau. La façon dont ils pliaient gauchement leurs jambes dans le bateau étroit. Le tissu des manteaux serrant inconfortablement leurs aisselles lorsqu'ils tenaient les rames. Minuscules dans le fjord vert sous l'ombre colossale de la montagne. Et en face d'eux, les Féroïens. Compacts et aux jambes arquées. Dans le bateau comme à la maison. Les visages et les cous rouges de rires étranglés.

Ils avaient placé le bateau dans un fort contre-courant et allégé leurs prises sur les rames, laissant les Russes peiner comme des bœufs jusqu'à en perdre leur souffle, jusqu'à ce que la sueur imprégnée d'alcool perle sur leurs fronts. L'eau au fond du bateau entachait leurs belles chaussures blanches.

Ils avaient pourtant fini par comprendre qu'on les embobinait.

La situation avait failli s'envenimer.

« Ah, oui, dit le vieux. Celui qui sera pendu ne se noiera point. » Il se tut brusquement et souleva sa casquette d'un doigt. Il avait commémoré le disparu. Il lui fallait maintenant reprendre sa route.

« Marrant que ces deux-là se soient connus. »

La Tarentule serra affectueusement le bras de ma mère. Le vieux s'éloignait lentement dans le brouillard de sa démarche métronomique. Ma mère et moi gardâmes le silence. Ça n'avait rien de spécialement marrant. Le bout de ses doigts était jaune et gluant.

La centrale électrique éclairait notre approche comme une église.

Elle avait été la première des Îles Féroé, et avait vu le jour à peu près au même moment que le papé. Alors que lui faisait ses premières dents, elle étendait ses tentacules grisâtres sur le sol. Commençait à bourdonner et à s'agiter. Sculptait la vallée de sa fonction.

C'était la Tarentule qui avait dit qu'elle ressemblait à une église, une église aveugle. « Et elle a l'air… un peu en souffrance ». Je me dis qu'elle était vieille, maintenant. Que les oiseaux passaient et déféquaient sur son toit.

J'avais commencé à me sentir comme un *roadmovie* à petit budget, plein de scènes où le paysage se contente de passer, et où on revoit encore et encore le même cactus en arrière-plan.

J'avais besoin que cet endroit soit un point zéro, un commencement, un lieu central dans le monde. Une vieille installation électrique aveugle ne me servait à rien.

De l'autre côté du brouillard, il y avait l'eau.

Je fus frappée par une pensée : l'horizon, qu'il soit doré ou anthracite, pourpre ou émeraude, tient en respect les équerres de l'univers. Il le fait toujours.

Un matin d'avril, en 1940, la centrale était encore jeune.

L'horizon : un ruban de velours noir.

La montagne chantonne, le vent s'est roulé en boule pour s'endormir sur le toit. La lumière dans les derniers restes de la nuit est comme un bonbon enveloppé de papier mat. Mais à cet instant, l'événement survient. Ce grand événement historique dont la centrale est témoin : le *HMS Suffolk* passe l'horizon, transportant deux cent cinquante Royal Marines à son bord.

En silence, en silence la guerre approche.

Nous contournâmes la centrale. Le mur était jaune, nu et sans fenêtre, le pignon peint en rouge. Je tournai en vain la poignée d'une petite porte verte.

La guerre s'était d'abord contentée de passer Suðuroy en direction de Streymoy. Puis elle avait accosté partout. On peut imaginer de quelle façon la centrale, encore jeune et frivole, avait perçu l'Occupation. Les Britanniques et leurs calots, leurs *th* cotonneux, leur insatiable appétit pour les conserves de poisson. La centrale était peut-être ravie. Les Britanniques avaient accéléré le progrès technologique. Ils aplanissaient la verdure de leurs lourdes bottes. Leurs avions rugissaient. Casernes et véhicules surgirent, et on vit de hauts mâts se dresser au sommet de la montagne Skúvanes. L'île étendit ses oreilles et devint un navire aux aguets. Les ondes radio grésillaient sur tout l'Atlantique depuis la nouvelle station LORAN.

Pour la centrale, l'Occupation n'était pas un temps de chagrin. Il avait fallu la camoufler, mais le grand courant n'en coulait pas moins à flots.

Les Britanniques avaient dépoussiéré beaucoup de choses qui reposaient depuis longtemps. Ils s'entichaient des filles de la fabrique de filets et de la progéniture distinguée des villages, qui se rengorgeaient et lissaient leurs robes. Mais quand un beau soldat ramassait son kilt et esquivait l'autel, elles n'en étaient pas moins esseulées.

L'activité nocturne était grandiose. Les feux brûlaient sur la mer.

La centrale ressentait une secousse de temps à autre.

Les fils des villages embarquaient dans leurs bateaux. Ils quittaient le fjord en chantant et revenaient dans une boîte ou seulement sous forme de télégramme. La centrale voyait tout cela.

Mais l'activité ! Le port ! On salait et on séchait, on empaquetait et on comptait. Vágur fleurit, de petit village à petite ville, sous la tutelle des harengs sans arête et d'œufs de morue en conserve.

« À ton avis, comment le papé pensait à la centrale ? »

J'agrippai la manche de la Tarentule et me stabilisai à l'aide d'une grosse pierre qui surgissait du sol. Il était ailleurs. Marmonna quelque chose au sujet de la pression dans les tuyaux, et de l'eau qui escaladait la montagne.

Peut-être que la centrale avait aperçu un petit homme ramassé au milieu de tout ce fouillis. Ragnar, peut-être escorté par quelques mouettes ou en compagnie d'une haute dame aux boucles blafardes, portée par de longues jambes qui glissaient sur le sol.

La Tarentule s'interrompit en plein milieu de son propos sur les tuyaux. « Quoi ? »

C'était difficile à expliquer. À la place, je demandai :

« Qu'est-ce que tu voulais dire par le fait que la centrale est une église ?

— Elle y ressemble, c'est tout.

— Peut-être que la centrale était l'Ithaque du papé, ce morceau de terre qui a l'air d'être toujours plus éloigné. Comme une maison dans laquelle il aurait mis ses rêves de progrès. »

De la chaleur dans le sol, de l'eau dans le robinet, de la lumière sur le pays – au fond, l'endroit auquel il avait offert ses aspirations.

La Tarentule mâcha un peu dans le vide.

« En tout cas, il a vécu dans l'avenir jusqu'au moment où il s'est mis à vivre dans le passé. Vu comme ça, il était un authentique migrant.

— Oui, dis-je.

— Sentez-moi cet air », dit ma mère.

Nous nous décidâmes à entamer la descente vers la voiture.

Avec le temps, la centrale finit par comprendre le moteur qui tirait les gens du village vers l'église où ils chantaient leurs télégrammes. Le corps que l'on enterrait n'était pas dans le cercueil, il se tenait toujours sur le pont et saluait pendant que le bateau s'éloignait.

Elle resta là, debout.

À Tórshavn, sur l'ancre de pierre dans le parc, le marin mort à la guerre se tient droit. Dans sa main, il tient la corde qui l'attire vers le fond, lui et le reste, un tiers de la flotte réunie. Mais la centrale, pourquoi devrait-elle ressentir du chagrin ? Elle savait que lorsque les humains seraient emportés par le courant vers le béton somnolent, ils chanteraient.

Le Roi Cabot

Vordingborg, 1942.

Le soir a encerclé la maison.

Marita est dans sa chambre. Elle coud. Une voix s'échappe de la radio dans le salon en dessous.

La maison appartient à un vieux couple un peu sourd, qui loue une unique chambre à une honorable femme célibataire ayant son propre revenu, pas de veuve, pas de travail nocturne, les enfants et les animaux de compagnie ne sont pas acceptés. Chaque soir, ils tournent leurs visages vers la radio et écoutent. Les mains de la femme sont jointes sur son ventre. Le silence entre eux est ancien.

Ils ont un fils qui a étudié à l'université, et une fille qui tient la ferme de son mari à l'extérieur de la ville. Les visites sont pourtant bien rares.

La radio se tait, et un frottement se fait entendre. Ça se déplace, là en bas. Marita voit la scène devant elle : les pantoufles lasses du vieil homme glissent sur le tapis. Le bouton qu'il triture. Le dos de sa main. Les rides.

L'aiguille plonge, brise la surface puis plonge à nouveau. Une ondulation blanche sur un bleu colombin. Les mains travaillent. Un col à retourner. Un ourlet distendu.

Là, dans la fin de l'été.

La chambre est au premier étage d'une villa au parquet doux et tiède, avec des tapis dans les deux salons. Il y a assez de place pour un lit, une armoire et un secrétaire. La chaise, avec son assise au tissu bleu royal, est un peu décalée. Elle projette une ombre grise distordue sur le sol.

Le secrétaire cache les lettres de Ragnar. Elles sont arrivées avec la Croix-Rouge. Depuis le lit, elle a vue sur le port. Les ombres des noyers grignotent la pelouse. Un lilas porte ses grappes de fleurs sèches comme des lumières éteintes. Elles bruissent. La haie de hêtre les accompagne. L'oreille en sait plus que l'œil, et veille quand l'œil dort. Bientôt, Marita dormira. La pièce noire derrière le rideau noir. Le poids de ce noir avant le sommeil. Il reste encore un peu de temps.

La ville est ivre de ses habitants, même là, quand le soir vide les trottoirs. Des roues de vélo sifflent. Les gens parlent d'une façon hideuse, mais ils sont faciles à comprendre. Elle pense en féroïen et parle en danois. Elle a appris à connaître les routes, le bruit des arbres. Et la forêt. Qu'il existe une forêt.

Pendant l'hiver, elle et Fritz allaient souvent se promener le long des sentiers. Il la laissait passer devant pour qu'elle puisse imprimer les premières traces de pas crissantes. Les chaussures qui s'enfoncent légèrement, d'une façon satisfaisante, comme quand on écaille un œuf. Elle traînait un voile de froid sec derrière elle. Elle l'aimait, sans aucun doute. C'était dans l'air, l'air était tout neuf, et tout arrivait si soudainement. Fritz avait déjà une sorte de chez-lui, chez son oncle, des camarades qui criaient son nom depuis leurs vélos. Levaient la main. L'invitaient à boire un café ou faire une partie de cartes. Elle n'avait que lui, ce qui le rendait facile à aimer. Elle passait sans effort d'un jour à l'autre, d'un changement à un autre. Elle oubliait d'écrire des lettres au pays. À la place, elle continuait d'avancer, se transformait elle-même au fil des longues heures blanches à l'hôpital, des repas, de la fumée lors des dîners dansants, les après-midi gelés remplis de lumières fuyantes.

« Il n'y a rien qui te manque de chez nous ? », demandait-il. « Tout me manque », mentait-elle. Il en avait besoin. Parfois, il avait le mal du pays. Elle se disait qu'il ne devait pas se sentir seul avec ce sentiment.

Les jours prirent une direction. Ils étaient des fonctions de cette direction. Graduellement, Fritz devint l'un d'entre eux. Une transformation en douceur. Le travail changea pour un autre travail. Elle apprenait à connaître l'hôpital, prit l'habitude.

Le printemps était arrivé tôt, brusquement. C'est ainsi qu'elle s'en souvient. Fin mars, le vent était tombé comme la croûte d'une plaie. Juste un peu plus tôt, un dimanche matin, ils étaient allés à vélo jusqu'aux ruines du fort. Le mois de mars était décharné, osseux. Les mâchoires du temps verrouillées.

Ils avaient posé leurs vélos et contourné la tour.

Fritz soufflait dans ses mains. Au sommet de la tour, l'oie d'or était tournée vers les pays de la Hanse et vantait à qui voulait l'entendre que le Roi ne craignait pas les blocus commerciaux, les Allemands, la guerre.

Aujourd'hui, dans la fin de l'été, personne ne se vante. La ville est envahie de soldats. Marita ne les hait pas. La guerre les a soumis, comme elle soumet tout un chacun. Le pont est fermé, la forêt est maintenant une frontière. Ils n'y vont plus.

Les baïonnettes des soldats clignotent dans les champs. Jaillissent parmi les blés d'hiver. Ils s'entraînent, dit Fritz.

Les Allemands étaient venus par le ciel, ici, près du fort.

Quatre-vingts soldats étaient tombés droit sur trois gardes ensommeillés. Marita ne se souvient pas du temps qu'il faisait, ce jour-là, mais elle voit sans peine les grands parachutes comme d'immenses meringues aériennes lentement saupoudrées sur les terres.

Dans sa lettre, Ragnar raconte que les Anglais sont venus par la mer. Que pour le moment, ils font essentiellement la guerre à l'ordre des choses. C'était Fritz qui avait reçu la lettre avant de la lui transmettre. C'est la lettre qui est arrivée.

Dire, écrit Ragnar, que nous naviguons sous notre propre drapeau, et que nous serons bombardés sous notre propre drapeau.

Le sloop *Eysturoy*, en route vers Aberdeen, avait été le premier à rencontrer un navire de guerre anglais, qui avait donné l'ordre de baisser le drapeau danois, Dannebrog. Les Anglais avaient bien demandé au capitaine s'il n'avait pas un autre drapeau à hisser à la place. On s'était empressé de hisser Merkið ! Le drapeau des Îles Féroé ! L'emblème de l'indépendance. Sanglante est la croix, bleue est la mer, blanche est l'écume contre le littoral de chez nous. Les mots de Fritz. Il avait dessiné le drapeau sur un morceau de papier et l'avait agité dans tous les sens pour montrer à Marita que les choses étaient maintenant ainsi, que maintenant, leur drapeau était reconnu.

Marita ne sait pas sous quel drapeau elle navigue, la lettre cachée dans un revers au dos de sa robe, devant les soldats à l'entrée de l'hôpital, le long des couloirs blancs. Est-ce si important ?

Elle vide une bassine et retire une feuille fanée. Les œillets dans leurs vases émaillés, les roses. Des nuances de mort. Elle secoue un oreiller et voit devant elle la mer qui brûle, les bras qui en dépassent comme des mâts carbonisés.

L'aiguille perce le tissu et produit un petit tintement contre sa bague de fiançailles. Ses yeux sont fatigués.

Durant le couvre-feu, on entend les radios dans chaque salon le long de la route. Deux jeunes Allemands passent, là-dehors, semblables à des confirmants jaune-vert. Les soldats viennent régulièrement à l'hôpital. Elle s'est habituée à eux.

C'est ce qui est étrange, elle s'est habituée à eux comme à tout le reste. Les soirs au cinéma. Le bruit des motos. Elle traverse la journée blanche, essore un torchon et le plie sur un front. Fait un lit. Ouvre une fenêtre et la ferme à nouveau. Des tas pour le lavage et des tas pour le pliage. Le bruit des arbres.

La lumière rampe sous la haie. Elle fixe le lourd rideau noir à la fenêtre. Se l'imagine comme le linceul de la pièce, elle-même une tombe.

Le lit grince doucement sous elle.

« On raconte une histoire sur le roi qui a construit la tour », avait dit Fritz cet après-midi-là, sur la plage brune. L'eau était noire et calme comme du gravier. Dans le panier qu'elle portait au bras, le dernier fond de café clapotait dans un quart en fer-blanc. Fritz racontait.

Le Roi Cabot avait construit le fort, celui-là même dont les morceaux s'étalaient maintenant le long de la côte. Ses salles étaient alors dorées. Le roi entretenait une cour importante. Il était lui-même grand, riait fort et aimait écumer la province avec sa suite de chasseurs et de chiens.

Un jour, il avait ramené une belle fille de paysan de sa chasse. Il l'avait vêtue de damas et de petites perles qui tremblotaient comme de la peau.

La reine avait dû s'y faire.

La fille, elle, se mirait dans les grandes dents du roi, et ce qu'elle voyait lui plaisait. On la vit bientôt se pavaner dans la ville, clinquante comme une aristocrate.

Elle devint ronde et charismatique, gorgée de jus comme une baie. À la cour, elle riait fort de choses qui n'étaient pas drôles, et faisait miroiter sa jeune poitrine dans le moindre reflet doré. Après les repas, la reine devait regarder le roi sucer la sauce de chacun de ses doigts potelés.

Les semaines passaient, et une grisaille envahissait la reine. Une crasse. Les sourires s'effondraient dans sa bouche. Elle avait commencé à triturer inlassablement ses cuticules.

Un jour, elle fit mander la fille de paysan et lui offrit un bon bain chaud dans la salle de bains royale. À ce moment-là, la jeunette était si furieusement amoureuse de son propre visage mordoré qu'elle n'eut pas le moindre soupçon. Elle se laissa emmener dans la salle de bains. C'était un box de pierre fermé. Le feu hurlait dans les grands fourneaux. L'air était tantôt d'un rouge profond, tantôt orange ou bleu, et vibrait d'une douce senteur de romarin. Une ombre bouillonnait dans les rigoles de drainage. De l'eau, il n'y en avait nulle part.

La fille de paysan se dit qu'on allait en apporter. Elle plastronnait et houspillait les servants de la reine pendant qu'ils la déshabillaient. Voilà qu'elle se tenait nue, bouffie d'orgueil dans toute sa splendeur nacrée, et voilà qu'on la laissa seule, voilà que la porte fut verrouillée.

Bientôt, l'air commença à s'épaissir. La chaleur grimpa. Le sol se fit bouillant. Ardent.

La reine organisa un bal.

Le matin vint.

On traîna la fille de paysan par les orteils. Certains de ses membres étaient roussis, d'autres blafards comme une écrevisse bouillie.

Notre Seigneur tint le Roi Cabot pour responsable. Lui que l'idée de la chasse ravissait, lui qui était si indulgent avec la proie, aurait le droit de chasser nuit après nuit, sans repos, jusqu'au jugement dernier.

Fritz s'éclaircit la voix et adopta le ton du maître d'école. « Souvent, le paysan sur un chemin nocturne fait un signe de croix, quand par-devant lui chasseurs et chiens filent après leur proie. »

Marita avait ri et mordillé son épaule.

À cet instant, elle ne rit pas. Elle se retourne dans son lit. La pénombre rampe sur les meubles. Peut-être qu'elle a dormi un peu. Elle entend les chiens. Ses jambes lui semblent vulnérables, trop loin de son buste. Elle les tire à elle.

Dehors, derrière le lourd rideau noir, les routes sont mortes, comme elles meurent chaque nuit. Il n'y a qu'une chose à laquelle elle ne s'habitue pas : l'occultation des fenêtres. Les chiens grondent, le son est de plus en plus fort, les sabots piétinent, les aboiements se transforment en un vrombissement de moteur au-dessus des toits. Elle se roule en boule sous sa couverture. Le bruit des chasseurs volant à basse altitude s'éloigne sur la ville.

Les maisons sont des brisants aveugles qui hérissent la nuit, oublieuses les unes des autres. Le cheval du Roi Cabot est blanc comme un projecteur. Un regard fixe, solitaire. Elle le sait bien.

La nuit, quand la guerre éteint toutes les lumières, chaque foyer de la ville est comme le sien, un spectre servile, une île à la dérive.

Royndin Fríða

À chaque fois que nous revenions dans les îles, ma mère avait de nombreux lieux sacrés à visiter. Des choses à saluer. Qui l'attiraient. Pour moi, il n'y en avait pas tant que ça. Le cœur de Tórshavn. La maison blanche. La pierre aux trolls. Des coordonnées inscrites dans mon enfance.

Mais il y avait bien la langue de roche abritant le vieux port naturel. Vágseiði. Une coordonnée particulièrement brillante. Je voulais y aller seule. J'avais peur de ne pas avoir le temps.

Un matin, peu avant notre départ, je me levai tôt et filai à pas de loup. Le morceau de littoral se trouve de l'autre côté de la maison de retraite et du lac, derrière la salle de sport.

Le soleil brillait.

Je trouvai un endroit à l'abri du vent et m'assis. La lumière s'écoulait délicatement le long de la falaise, au-dessus de l'eau laquée de bleu. À l'ouest, la montagne Skúvanes, une masse noire dans l'éclat du soleil. Je tendais l'oreille. Le vent tintait comme du verre dans le creux des falaises et dans les flaques d'eau. La muraille était brune, brute, inégale. Des nœuds et des veines parcouraient sa surface. Des renfoncements mousseux. L'eau de mer s'y précipitait pour y rester nichée. Les flaques scintillaient. Elles cachaient des algues, mégots de cigarette et autres peaux de banane noircies. Enfant, je venais jouer ici. Avec mes cousins et mes cousines, nous nous appelions les uns les autres en criant entre les crevasses dans je ne sais quelle langue. L'espéranto de l'enfance.

J'avais un souvenir de cet endroit en compagnie du papé.

Cet été-là, il avait plu sans arrêt. J'avais eu ma première note maximale en géologie, la seule, pour être honnête. Ma omma était morte pendant l'hiver. Le papé était confus, poreux. Le Nord lui manquait. Dès les vacances venues, nous nous étions tous envolés vers notre chez-nous. C'était son nom, ça l'avait toujours été. Chez-nous dans les îles. Chez-nous à Suðuroy. Chez-nous à Sørvágur.

Ma mère est née à Vordingborg, et moi à Copenhague. On dit tant de choses sur ce que chez-soi représente. Un état, les gens que l'on retrouve, ce genre de choses. Je me dis que c'étaient des bêtises. Quelque chose que diraient des backpackers d'une autre culture, la bouche pleine de terre, pleine de viande, pendant qu'ils parcourent le monde de leurs mâchoires.

Chez-soi est un toponyme, me dis-je. Un lieu-dit.

Bref, cette fois-là, avec le papé, c'était un mois d'août vert et détrempé. Vert de mousse, vert de brouillard, vert bouteille. J'avais un épais manteau vert militaire pour homme, déchiré au niveau de la fermeture Éclair. Je portais un chandail en dessous. J'enveloppais mon nouveau châle autour de mon cou comme un foulard. La laine brune, travaillée d'une main délicate, devenait floconneuse, ses mailles tordues.

Le papé soupira au-dessus de moi. Mes tennis avachis, les clopes. Je venais de découvrir le réchauffement climatique, la surconsommation, l'abattage de masse, et je refusais la soupe de bœuf noyée de crème et de tomates pelées qui était pourtant la dernière mode. Stoïque, je me contentais de pain noir, de bière et de schnaps. La nourriture solide m'était rare, et j'avais tout le temps faim.

C'était l'après-midi. Le papé et moi étions seuls.

On jouait à capturer l'horizon. C'était un jeu que nous avions pratiqué depuis mon enfance, et nous étions capables de nous glisser dedans sans un mot, synchronisés. Il s'agissait d'être calme et concentré, de tenir bon, même si la pression de l'air emplissait nos yeux de larmes, et même si certains jours il pleuvait à torrents et que la mer se déchaînait, que les vagues se jetaient aveuglément sur la terre.

Je détachai mes yeux de la ligne. Perdu. Me tournai vers le papé. Il oscillait sur ses talons. Le mouvement était lent, comme un roulis imprimé dans les muscles de ses chevilles.

Un coup de vent rebondit contre la falaise et ses taches de mousse, s'empara de ses paupières et souleva ses cheveux. Il garda ses mains croisées dans le dos. Invaincu.

J'étais enrhumée. Une substance diaphane coulait de mon nez.

Le léger manteau d'été du papé était ouvert jusqu'au plexus solaire. Les gens allaient au supermarché en manches de chemise. Je transportais avec moi ma non-appartenance, j'étais enveloppée dedans. Ce genre de différence. J'avais honte.

Il regarda mon châle emmêlé. Le nœud disgracieux qui tirait sur la laine. Mes cheveux fouettaient mon visage, forcenés. S'accrochaient à mes lèvres. À la peau humide sous mon nez.

« T'es vraiment un petit souillon. »

Ce n'était pas méchant. Mes notes étaient bonnes, mes perspectives d'avenir lumineuses. Dans l'absolu, le papé était satisfait.

Je levai les bras, nouai mes cheveux en un tas noir et emmêlé que j'enfonçai sous ma capuche.

La mer surgit sous les embruns.

Les femmes de la famille de ma mère ont toutes une légèreté en elles, les grosses comme les maigres, une lumière. Elles sont délicates chacune à sa façon, elles ont la peau chatoyante. Moi, je suis une masse difforme.

Je lissai les plis du châle et acceptai le terme « petit » du papé avec gratitude.

À l'intérieur des terres, la pluie était grise, mais au-dessus de la mer elle devenait noire. L'écume vociférait sur les brisants.

Le papé me racontait l'ancien port, la pêche.

Sous nos pieds, une large rampe de pierre formée à même la falaise menait vers la mer. Des tubes métalliques étaient fixés dessus le long d'une fente centrale. Ils étaient quelque chose de précis, avaient eu une fonction. Le papé ne se souvenait pas de leur nom danois.

À l'époque où le port servait encore, et un peu plus tard lors du *grind*, on faisait descendre les bateaux le long de la rampe. Les pêcheurs marchaient en cadence, les genoux légèrement pliés, à petits pas. Leurs épaules faisaient l'essentiel du travail. Je voyais le mouvement sur lui, sous le manteau. On bougeait comme ça, à un rythme particulier, les corps partageaient le poids, et on portait les bateaux comme liés. C'est ça, on était une alliance.

Le vent rendait mes oreilles cotonneuses. Je voyais plus que je n'entendais sa solitude.

Il remonta la fermeture Éclair. L'heure était proche. On allait sans doute nous attendre avec le repas.

Le chemin vers le village traversait le brouillard et le silence des oiseaux.

Le visage adopte sa forme définitive juste avant qu'on meure de vieillesse. Quelque chose se passe au niveau du nez, le cartilage s'écrase un peu, ou bien l'os se fait plus net. Je pensais au visage d'omma à la maison de retraite. Sa bouche impudente. Le disque de son œil sous la paupière et son nez dénudé. Je voulais demander si elle lui manquait, s'il pensait à revenir vivre ici. Chez lui. Mais je n'osai pas.

Le brouillard était plus épais dans le fjord. Je tendis la main devant et la vis disparaître dans une masse d'air gris. Le papé ne regardait pas où il allait, il marchait de mémoire. Je me tenais à son manteau.

Le coin d'une maison apparut soudain, puis un mur écaillé. Un arrondi métallique bleu, le radiateur d'une voiture. La sensation de l'espace froid entre les bâtiments, de l'espace au-dessus du quai.

Le papé parlait à mi-voix, d'une façon constante. Comme une sorte de sonar. Nous passâmes devant la femme de pierre sur son socle, près de l'église.

« Tu te souviens qui elle est ? »

J'acquiesçai et plissai les yeux. Je ne voyais que la grisaille. Puis je me souvins qu'il ne me voyait pas. « Oui », dis-je.

Elle était un mémorial pour les morts et les disparus en mer, me semblait-il. Les ivres morts en mer, pensai-je, et j'eus immédiatement mauvaise conscience. Pendant ce temps, le papé continuait à parler.

Plus loin se trouvait le mémorial de Nólsoyar Páll.

Le papé s'arrêta et montra du doigt. Sa manche frôla mon épaule. Páll avait été un commerçant, un poète, un visionnaire. Il avait construit le premier authentique bateau féroïen depuis le Moyen Âge. *Royndin Fríða* était son nom. Je demandai au papé s'il avait navigué sur ce bateau, s'il avait navigué avec Páll.

Il resta silencieux un moment. Puis il dit que Nólsoyar Páll avait péri en mer, du moins c'est ce qu'on disait. On l'avait vu pour la dernière fois sur la Tamise, en 1808. Peut-être que je me souvenais de son visage sur les billets de cinquante ? La voix triste du papé venait du brouillard.

« Ah, oui, m'empressai-je de dire. Oui. »

Il continua un peu sur le monopole commercial que Nólsoyar Páll avait combattu, puis évoqua une histoire de chanson de l'oiseau, ou quelque chose comme ça. Je pensais au vieux billet de vingt couronnes avec ses moineaux gris. Nous reprîmes la marche.

Royndin fríða signifie la tentative libre.

Je demandai si ça avait marché.

« Avec le temps, ça marchera sûrement », répondit-il.

La route commença à grimper. Le sel du port et le goudron furent remplacés par du foin fraîchement récolté. Tout autour, notre chez-nous fredonnait le brouillard.

Mère

Vordingborg, 1945.

L'enfant ne veut pas naître dans la guerre. Il faut le prendre au forceps.

Le métal abîme le visage mou, le tord. L'enfant vient au monde couvert de sang et manque de prendre la vie de sa mère.

C'est la fin d'un mois de février bleu-blanc. Marita s'entend crier pendant l'accouchement. Ensuite, toutes les voix se font plus discrètes. On la recoud. On lui donne une couverture. Les mains des infirmières sont tendres. Elles se connaissent.

Marita pense à la naissance comme à une continuation.

L'enfant repose au fond de la mer. Elle ne sait s'il crie, s'il a du lait. Le bateau roule. L'océan noir. La fièvre maternelle la fait rouler elle aussi d'un côté à l'autre du lit.

Fritz est là. Il peut la toucher, lui parler de la neige devant l'hôpital. Les maisons. Le givre. Les Allemands.

Il lui lit le journal du jour.

Sa conscience se dissout comme un comprimé effervescent.

Loin, hors de son corps, il y a la terreur à l'idée que l'enfant meure.

Fritz apporte de nouvelles fleurs chaque jour. Des crocus et des anémones blanches. Des ficaires. Il les agite comme un moulin à prière. La nuit, elle est seule. Les ténèbres dansent autour d'elle et l'entaillent sans relâche.

L'enfant survit. Fritz évite de le toucher.

Le forceps a écorché l'une de ses tempes. Le sang a formé des poches bleu-noir. Il faut opérer.

Maintenant c'est passé, la nuit est passée, et Fritz se force à entrer dans le salon où l'enfant attend son réveil. Il regarde dans le berceau. La tête enfle comme de la pâte autour du bandage. Le cou est bien trop mince.

L'enfant se réveille. Le seul œil visible est bleu poisson. Impersonnel. Fritz se dit que c'est l'œil d'un animal, quelque chose d'inhumain, un éclat mat, un changelin. Que l'enfant qui a presque tué sa mère ne peut pas être le sien.

La créature ne fait pas de bruit. Fixe sans voir. Sa poitrine s'élève et retombe. Une main s'ouvre, ses doigts frétillent et se replient contre la paume. Le geste est effrayant. Automatique.

Petite machine, pense Fritz. Putain de machine. Il a envie de le secouer. De lui arracher un son.

Au lieu de ça, il retourne dans le couloir.

Pendant que Marita se retourne dans sa fièvre, Fritz déambule dans les couloirs blancs, ses bouquets à la main, il les déplace d'un endroit à un autre. Les infirmières posent leurs mains sur son dos un court instant quand elles passent.

L'enfant est amené dans la chambre de Marita. Le bandage est retiré. La plaie prend l'air.

L'année précédente, quand Marita avait commencé à étudier pour devenir infirmière, Fritz était fier. Il imaginait son délicat dos d'oiseau dans un uniforme.

Elle continuait en tant que fille de salle. Elle prenait des veilles de nuit, son rossignol. Quand elle était tombée enceinte, elle n'avait pas voulu entendre parler d'arrêter pour si peu.

On la convoqua à un entretien pour lui demander formellement d'abandonner ses études. De quitter l'hôpital. Ça n'avait pas suffi, il avait donc fallu mettre les points sur les i, et affirmer que les choses n'étaient pas ici comme là d'où elle venait, où l'on prenait sans doute la bienséance moins au sérieux.

Fritz l'attendait dehors. Il fumait.

Quelques soldats aux uniformes verts étaient groupés devant l'hôpital. Leurs armes étaient d'un noir mat et leur conversation désinvolte.

Marita avait surgi de la double-porte du grand bâtiment. Ses épaules semblaient tirées en arrière, sa bouche muette comme une tombe. Les soldats s'effacèrent devant elle. Fritz s'effaça devant elle. Elle passa devant lui sans s'arrêter. Le menton droit, tranchant. Les yeux glacés, durs comme du quartz.

« Je leur ai demandé s'ils voulaient récupérer l'uniforme tout de suite, dit-elle. Parce que dans ce cas, ils pouvaient fichtrement l'avoir. »

Ils s'étaient mariés quelque temps plus tard. Plus tôt que prévu. Sur la photo du mariage, elle tient le bouquet de roses blanches bas, devant son bas-ventre enveloppé d'un tailleur noir.

L'enfant était né exactement huit mois plus tard.

« Du moins, c'est ce que j'aurais dû faire, avait-elle dit plus tard. J'aurais dû le leur demander. »

Une semaine passe. Puis une autre. Marita a arrêté de rouler dans son lit. Il y a de la lumière dans la chambre et dehors, de la lumière dans la chambre mais pas dehors, il n'y a de lumière nulle part.

La neige projette des éclats bleutés dans la chambre.

Les phalanges de Marita se décharnent, elles n'auront bientôt plus que la peau sur les os. Cela n'échappe pas à Fritz. Quand elle ne lui répond pas, il écoute sa respiration. Celle de l'enfant est plus rapide, de petits à-coups. Fritz soigne le bouquet, enlève une feuille. Ouvre la fenêtre et la ferme à nouveau.

Le lait coule. Les infirmières portent l'enfant dans le lit. Fritz sort pour fumer. Il pense à la vie qui s'évide dans la petite bouche.

Mais l'enfant tient bon, il commence à produire des sons. Les gonflements refluent. Le visage commence à ressembler à un visage.

Un jour, il prend l'enfant dans ses mains. S'émerveille du petit corps qui se contente de flotter. Son poids de plume. Il inspecte les yeux, le menton, les arcades dénuées de sourcils. Autour de la plaie sur la tempe, la peau est blême et tirée, parfois d'un rouge grisonnant. Le nez est mou, un peu tordu. Le visage entier est légèrement de travers. Le médecin dit que cela passera avec le temps. Fritz trouve que l'enfant ressemble à un enfant. Il approche son visage tout près du corps ballant. Puis il enfonce son nez sous le menton, sous les plis de peau, et respire le cou laiteux de sa fille.

C'est le mois de mars. La neige s'efface.

Marita se remet. Fritz l'accueille à la maison avec des roses enveloppées de papier de soie, avec des perce-neige sucrées dans un verre de lait sur la table de chevet. Il pose ses mains sur les joues de Marita, sur ses bras minces et ses seins lourds, sur ses hanches. Il l'attire à lui.

Elle dépose un baiser sur sa joue, lui tourne le dos et se penche vers l'enfant.

Avril vient. Marita va dans la forêt. Elle veut montrer à l'enfant que la forêt existe. Les hautes roues du landau tremblent un peu. Les joues de l'enfant clapotent. Elles sont ensemble dans la blancheur des anémones, sous la noirceur filtrée. « Anémone, dit Marita en danois. Primevère, dit-elle en montrant du doigt. Gagée jaune. Corydalis. »

C'est le mois de mai, et la guerre prend fin. Les uniformes allemands quittent la ville. Marita achète du pain blanc et deux petits gâteaux ronds fourrés de crème.

Fritz se voit proposer un poste. Ils déménagent dans une ville plus petite.

L'école se trouve dans un petit village près de Køge, accolée à l'église. Tôt le matin, Fritz ferme la porte derrière lui et passe de la maison de fonction à la salle de classe. Marita se ferme autour de l'enfant. Leurs joues s'arrondissent ensemble. Fritz commence à aménager un jardin. Le soir, il utilise son journal comme un écran. Marita se porte elle-même dans une boucle sur son dos qu'elle ne détache que pour allaiter, baigner, poudrer, bercer.

Il se couche dans le lit avec elle, soulève sa chemise de nuit. Met à nu un sexe accueillant, un peu absent.

Le jardin fleurit, Fritz désherbe entre les pierres. Les arbres fruitiers s'alourdissent.

Les gamins remplissent la cour de l'école. Fritz tient à eux, et il fait bien son travail. Marita trouve un emploi dans une fabrique de poupées. La porcelaine ouvre les yeux sous ses mains, et la petite reçoit une sœur de porcelaine, aux cheveux noirs et aux yeux gris, comme elle.

Elle apprend ses mots danois à la poupée.

L'enfant joue dans le champ derrière l'école et chante à l'église. Elle va à l'école avec les autres gamins du village. L'été, elle retourne au pays avec ses parents.

À Noël, ils utilisent la radio pour envoyer des salutations à la famille qui habite dans chacun de mes étés.

Après, Fritz prend un schnaps.

*

Les yeux de l'enfant devinrent des pierres grises lissées par la mer qu'on voudrait ramasser et garder dans sa main. Ses membres se firent sveltes, et elle hérita de la peau d'ivoire. Elle garda la musique et le nom des fleurs.

Je posai mon bras juste à côté du sien sur la table. L'ivoire s'était un peu fané.

Derrière moi, grand-tante Ása se débattait avec la cafetière. L'ampoule sifflait sur la plaque chaude.

Les veines de ma mère sont bleues. Entre son aisselle et son coude, elles changent légèrement, prennent une teinte opaline. Les miennes sont d'un vert mat, comme celles de la Tarentule. Petite fille, j'avais eu une période d'obsession pour cette différence de sang. Je faisais des études comparatives des peaux et des maillages en dessous : mon lourd sang vert marécage, le sang de la Tarentule, et son sang à elle, bleu, léger, opalin. Bleu neige, bleu Atlantique, bleu mère, bleu étranger.

Grand-tante Ása posa les tasses sur la table, puis proposa une assiette couverte de carrés de pain noir, de tranches de pommes de terre et de lard luisant, délicatement rosé.

La viande de mouton séchée fut également placée sur la table. La chair sombre était tranchée en angles aigus.

C'étaient les restes de la nuit de la Saint-Jean, les restes d'un repas de fête. Ma mère trouvait que c'était trop. L'oncle Laurus découpa un petit morceau. La lame du couteau glissa à travers la viande jusqu'à rencontrer son pouce. Il tendit le morceau à ma mère.

Un fumet âcre et doucereux en émanait.

Je me souvenais des mains du papé, du couteau de poche, de la viande d'un violet profond, de ce même angle de coupe, de la lame qui va doucement à la rencontre du pouce.

« Tu parlais féroïen, quand tu étais petite ? »

Ma mère détourna le menton. Macha.

L'oncle Laurus m'offrit un morceau et je secouai la tête en m'excusant.

La viande de mouton séchée avait une belle couleur. Le gras la bordait comme de l'écume. *J'aurais aimé* pouvoir la manger.

Cette préparation, qu'on appelle *skærp*, est séchée au vent. Le terme est dérivé de *skarp*, qui veut dire tranchant. Elle a une odeur de charogne, de vieux fromage suintant.

Ma mère avala. Sourit d'un air d'excuse à l'oncle Laurus et accepta le bout qu'il avait coupé pour moi.

« À l'époque, on avait des théories différentes d'aujourd'hui. On pensait qu'apprendre deux langues était mauvais pour les enfants, que ça gênait leur capacité d'apprentissage. »

Je pris un amuse-gueule de l'assiette et entrepris de le décortiquer.

« Alors vous ne parliez jamais féroïen, à la maison ? »

Ma mère répondit d'un ton prudent, neutre.

« Mes parents parlaient féroïen entre eux. »

D'abord, je mangeai le pain noir. Puis je laissai la graisse de baleine froide reposer sur ma langue. Je voulais dire quelque chose au sujet de l'assimilation, que l'assimilation est une perte de mémoire méthodique. Je voulais interroger au sujet des fêtes, des repas de Noël, des anniversaires. Je voulais demander si elle connaissait cet instant où une tante ou un cousin se tournait et optait pour le danois, l'instant où l'on devenait un invité dans sa propre famille, l'hôte du sang.

Nous héritons de notre caractère étranger, voilà ce que je voulais dire, on le met dans les valises de la prochaine génération. Je m'abstins.

Le lard collait dans ma bouche. Le goût était riche, un peu laiteux. Du rose et du sel.

La pierre aux trolls

C'était le matin de notre départ de Vágur. Nous nous faufilions entre les maisons avec une cuisse de mouton entière dans nos bagages, emballée sous vide. « Bah, avait dit grand-tante Ása. On n'en a jamais trop. »

Je fis au revoir à la pierre aux trolls sur le petit carré vert derrière l'ancienne maison de Ragnar et Beate.

Nous devions prendre le bateau, passer la nuit chez grand-tante Anna à Tórshavn. L'avion partait le jour suivant.

Le papé parlait souvent de revenir vivre ici. Il l'avait même sérieusement envisagé une fois. Dans sa jeunesse. Il avait cherché d'autres postes, même au Groenland. Mais il se passait toujours quelque chose, ou ça ne correspondait pas tout à fait, ou quelque chose se mettait en travers de son chemin. C'était ce qu'il disait toujours. Quand il avait obtenu le poste à l'école de campagne, les administrateurs de l'Atlantique Nord tout entier avaient enfin eu la paix.

Avec le temps, cette histoire de revenir chez lui avait perdu de sa substance, était devenue autre chose. Une sorte de spasme de manque intermittent.

Cela pouvait le frapper soudainement, sans prévenir.

Un dimanche matin dans le jardin, les champs couverts de brume, le soleil capturé par le toit de la serre. Il épouillait le pêcher, me montra une feuille gluante. Il voulait dire autre chose, à vrai dire, mais il finit par dire la même chose qu'à chaque fois : « Si ce n'était pour ta omma. »

Ou alors, peut-être que nous étions allés chercher quelque chose dans la grange. Là, au milieu des odeurs de patates, de sciure, de vieille ferraille et d'alcool, moi sur le seuil de la porte, lui penché au-dessus du tour. Il farfouillait dans la caisse pleine de clous tordus, et soudain : « Si ce n'était pour ta omma, on serait rentrés depuis longtemps. »

J'y pensais beaucoup. Si ce n'était pour ma omma, j'aurais été entièrement féroïenne, et non à demi danoise, sans asthme, ma mère se serait mariée à un pêcheur, un gérant de coopérative, un ornithologue, et non à une tarentule. J'aurais grandi avec de plus beaux paysages, plus de verdure, plus de Jésus, moins de lesbiennes, beaucoup de moutons, sans mal du pays pathologique. Cette dernière partie comptait.

Le papé m'avait appris son propre mal comme un verset biblique que nous ressassions.

Lettre d'Exil, verset 1 :

« Si ce n'était pour ta omma. »

Elle portait ce fardeau avec patience. Elle était le verre autour du bateau en bouteille sur lequel il naviguait lentement vers chez lui. Quand elle était morte, je m'étais dit : ça y est, c'est arrivé. Maintenant, il va dériver.

Les îles qui lui manquaient tant se trouvaient dans un endroit qu'aucune géographie ne pouvait montrer, je le savais. Omma le savait sans doute aussi. Sa patrie dérivait.

Elle était tout aussi réelle que le troll sous la pierre dans le jardin de Ragnar et Beate, tout aussi irréelle.

On peut se dire que la pierre n'est qu'une pierre, que son bruissement n'existe que dans le cerveau. La main n'en était pas moins affectée. La pierre n'en abritait pas moins un troll.

Ragnar et Beate avaient été fiancés pratiquement du jour au lendemain. C'étaient les premiers temps incertains de l'Occupation. L'histoire semblait dire que Beate avait tout simplement franchi la montagne à pied, avait refermé la porte derrière elle et s'était insérée dans la famille, fière et discrète.

Beate était aussi haute et lumineuse que Ragnar était court et sombre. Quand ils se promenaient au village, on les voyait ainsi : il arpentait les rues de ses courtes jambes et elle venait ensuite, glissant comme un long souffle d'air.

Elle était jeune, il y avait une succulence en elle, mais aussi un calme profond. La barbe de Ragnar grisonnait. Celui qui sera pendu ne se noiera point, disait-on en riant un peu de ce célibataire endurci qui brossait maintenant les copeaux de bois hors de sa barbe, transportait des brassées entières de livres et de feuilles volantes dans une nouvelle petite maison, et partait en guerre contre la maçonnerie brute équipé seulement d'une peinture gaie d'un vert pistache.

La pierre devait être détruite, c'était le cadeau de Ragnar pour son épouse. Elle se souhaitait un endroit où planter des légumes et des herbes aromatiques. Mais la pierre occupait l'essentiel de l'espace étroit derrière la maison. Elle surgissait du sol, un véritable morceau de falaise, et ressemblait à une molaire tordue et couverte de mousse.

On savait d'elle qu'elle était déjà là quand les tout premiers colons s'étaient installés dans les grottes des falaises, quand ils avaient disparu, et qu'elle était toujours là quand les maisons de Vágur avaient commencé à s'étendre du fjord jusqu'au flanc de la montagne. Le troll vivait dessous. Par un temps particulier, un peu brumeux mais tout de même très légèrement ensoleillé, on pouvait distinguer une couronne spectrale verte autour de la pierre. Il fallait alors faire preuve de précaution, c'était la façon du troll de signifier qu'il ne fallait pas le déranger.

Pour cette même raison, l'espace autour de la pierre avait toujours été religieusement laissé tel quel, l'herbe haute et libre, une ouverture dans le village par laquelle le vent passait en sifflant. Jusqu'à l'arrivée de Ragnar avec son ciment, sa tôle ondulée et son rationalisme.

La maison avait été placée là, mais la pierre était inamovible. Ragnar avait creusé, mais les racines de la molaire étaient trop profondes. Arni le Rapide, le plus jeune des frères, était en bons termes avec tout le monde, y compris avec la force d'occupation anglaise. Il emprunta un véhicule, on fixa une corde autour de la mousse et on tenta d'arracher la pierre du sol. En vain. Ragnar avait juré. Beate avait laissé couler ses doigts frais sur ses tempes et avait massé doucement.

*

C'est la période où Ragnar envisage de faire enlever la pierre.

Il reste planté là, fixe le vert profond de la mousse.

La regarder n'avance pas à grand-chose, pense-t-on. Certains le disent. Mais Ragnar est un homme de progrès, un homme des temps modernes, et Beate mérite ses rangées de pommes de terre et de plantes vivaces malmenées par les intempéries.

Il se décide à employer la dynamite.

Vient le jour où l'on fait exploser la pierre.

Ragnar glisse un doigt sous son bonnet de laine et gratte les frisures de sa nuque. Les charges sont posées. La mèche repose paisiblement dans la mousse.

Il y a cinq hommes autour de la pierre.

Trois hommes du village, Ragnar, et Arni le Rapide, le retardataire, le héros de l'équipe de football.

Leurs mines cachent un petit rire hystérique. Il y a une tension entre les corps. On ajuste ses manches retroussées, donne des coups de pied dans le sol. De longs regards avisés cherchent le fjord et l'éclatante masse d'eau vert-de-gris.

Maintenant que tout est prêt, il y a soudain un certain nombre de choses à dire à voix haute. Dommage que Kalle ne puisse pas participer. C'est Arni le Rapide qui s'exprime, un regret sincère dans ses yeux bruns et vifs.

Kalle, l'élément le plus sauvage de la fratrie, a une tendresse profonde pour les explosions.

Lui et Arni ont cela en commun, et bien d'autres choses. Ces deux-là sont les Samson et Hercule du groupe, ils n'hésitent pas à l'affirmer eux-mêmes, même si Arni n'est encore qu'un garçon aux mollets solides et aux joues duveteuses.

Kalle est à bord de l'un des nouveaux bateaux de pêche payés par le commerce avec les Britanniques, au large de Færingehavn, au Groenland.

Quant à Jegvan, personne n'a de nouvelles de lui depuis plus d'un an, et Dieu seul sait où il est.

Les lettres de Fritz sont rares, mais il semble qu'il se débrouille bien, là-bas chez les Allemands.

C'est la teneur des propos qu'échangent ces hommes qui oscillent d'un pied sur l'autre.

Bon, se dit Ragnar. Il faut se lancer.

Il repositionne la mèche. À cet instant, une froidure le frappe juste au-dessous du menton. C'est comme si un regard noir et glacial jaillissait du sol pour toucher sa gorge. Sa main repose sur la pierre. Il lui semble ressentir des coups contre sa paume. Trois petits chocs.

Il se relève brusquement et marmonne : « Tout bien considéré, peut-être qu'il vaut mieux laisser cette pierre être une pierre. »

Un assentiment jaillit sans attendre de plusieurs autres gorges. Ragnar le Rouge n'est pas de ceux qui croient aux gnomes et aux trolls, c'est de notoriété publique. Mais qu'il y ait bien plus de choses dans le ciel et sur la terre, personne dans la petite communauté n'oserait le contester. S'il veut se raviser, il n'y aura pas de contestation.

Le hasard veut qu'à cet instant, Beate apparaisse sur le seuil de la maisonnette toute neuve, encore vierge. Elle survole les marches, encadrée de vert pistache, et se plante là, élancée, pleine d'attente, un châle enveloppant ses épaules blanches tel un filet de pêche. Un regard d'un bleu de glace fond sur l'assemblée masculine paralysée.

« Bon, au point où on en est… », grommelle Ragnar. Il sent une chaleur se répandre dans sa nuque.

*

Le papé m'avait raconté le reste de l'histoire tant de fois qu'elle avait fini par prendre des couleurs et une substance proches d'un souvenir. Alors que le temps à Vágur était doux et lumineux ce jour-là, une violente tempête fit irruption sur la côte Ouest du Groenland. Le ciel hurlait, la mer hurlait. De lourds nuages se tordaient au-dessus de l'eau. Les vagues se jetaient les unes sur les autres et vomissaient de la matière blanche.

Pour les malchanceux qui se trouvaient sur le bateau de Kalle, il s'agissait de s'accrocher à quelque chose dans la cale. Tout ce qui n'était pas solidement arrimé était sens dessus dessous.

Devant la maison vert pistache, Arni le Rapide avait allumé la mèche et s'était éloigné aussi vite que ses jambes puissantes le permettaient.

Au large du Groenland, une voix intérieure souffla à Kalle qu'il devait se rendre sur le pont, et ce à fond de train.

Le petit groupe d'hommes attendait la déflagration.

Kalle empoignait le montant d'une couchette et mâchonnait sa langue en guise de protection contre l'impulsion qui le tenait.

Rien ne se passa. La flamme s'était éteinte.

Arni ralluma la mèche, et la chose se reproduisit. À l'instant même où Arni entamait sa course, et où les autres s'agenouillaient à bonne distance, une voix vociférait sur l'Atlantique, dans les entrailles de Kalle, une voix qui clamait que c'était maintenant, que s'il voulait sauver le jour, c'était maintenant, sur le pont !

Jamais deux sans trois, aurait crié Arni avant de tourner les talons une dernière fois et de se précipiter à une distance sûre. Dernier appel ! tonna le sang de Kalle dans ses oreilles, parvenant enfin à l'entraîner à moitié prosterné sur le pont glissant de sel.

À Vágur, le calme résonnait entre les maisons basses. Une mouette descendit en piqué vers les toits avant de disparaître vers le fjord.

Sur le pont, au large de Færingehavn, une lame de fond déferla sur Kalle, s'empara de lui et martela son corps flasque contre le bastingage. Le bois hurla, et l'une des jambes de Kalle éclata comme une gousse de petits pois.

Quand, de nombreux jours plus tard, le bateau accosta à Vágur, Kalle revint avec une jambe de moins. Le capitaine avait retiré lui-même la gousse de pois, juste au-dessus du genou. Et comme Kalle s'était procuré une jambe de bois, il n'avait jamais plus porté d'autre nom que Kalle-la-Guibole. Il avait également été le premier et jusqu'à présent le seul cordonnier unijambiste de l'histoire du village.

Beate n'obtint jamais son jardin. La pierre qui refusait de partir fut laissée en paix, à sa place.

Quand le papé chantait son refrain au sujet d'un retour à la maison, il m'arrivait de penser à la pierre. J'étais peut-être assise au soleil, les genoux nus, passant mes doigts sur la peau douce des tulipes pendant que le papé débroussaillait au feu les alentours des plantes aromatiques, qu'il détachait un escargot d'une pivoine rose pâle, le déposait sur le sol, ramassait le fer à brûler et dans le même mouvement récitait son si-ce-n'était-pour-ta-omma.

Nous pouvions nous trouver au milieu de tout cela, il avait semé et cultivé et fertilisé et taillé et arrosé et aspergé d'eau venant d'un brumisateur le jardin dont il faisait don à ma omma, la tour qu'il élevait autour d'elle pour qu'*elle* ne ressente jamais le manque de son chez-elle.

Ou cela pouvait être alors que nous lisions les aventures d'Ulysse, ou au cours du repas de fête dans la maison d'église, une fois que les hommes avaient arrêté de se comporter comme des cochons. Il pouvait s'interrompre au milieu d'une phrase, laisser sa main libre tomber sur le papier, comme pour couvrir les oreilles du livre, et puis : si-ce-n'était-pour-ta-omma. Ça n'avait pas cessé avec l'âge. Omma, elle ne disait jamais rien. La bouteille voit plus que le bateau qu'elle contient, elle contient le bateau comme un je-ne-sais-quoi, en tout cas comme si c'était un devoir, de nature et de nécessité, sans doute, et comme un chez-soi, peut-être. Comme le chez-soi qu'elle est.

Borðoy

Køge, 1955.

Fritz va à vélo chercher des cigarettes.

C'est le temps lumineux de l'après-guerre. L'après-midi est doux. Rien ne manque.

Fritz est en manches de chemise. La couleur du champ flotte au-dessus des blés mûrs.

La première fois qu'ils avaient reçu de la visite de chez eux, il y avait maintenant presque huit ans, Marita avait trimé dur pour le menu. Les légumes ne manquaient pas, on pouvait de nouveau acheter librement du pain, mais la viande posait encore quelques problèmes. Marita avait enfilé sa robe bleu clair et s'était rendue chez le boucher. À son retour avec une double ration, elle se pavanait sans retenue, l'œil un peu fou. On ne dirait pas de sa maison, de *leur* maison, qu'on n'y mange pas à sa faim.

Elle ne l'avait pas volé. Il n'avait rien dit.

Il avait épousseté le plat en argent et offert les cigarettes qui étaient disponibles.

C'était l'heure du repas, de la réunion.

Marita avait attendu que tout le monde soit installé, puis elle avait présenté le rôti.

Fritz dirige la roue avant de son vélo droit dans un crottin de cheval et ressent un certain plaisir.

Au pays, les livraisons de fruits et de légumes s'étaient faites rares pendant la guerre, mais on ne manquait pas de mouton et de poisson. Les invités s'étaient jetés sans trop de manières sur la précieuse viande. L'avaient enfournée. Le plat n'avait pas fait long feu, et pendant ce temps Marita étreignait sa fourchette. Les pommes de terre et les carottes cuites au beurre n'avaient pas eu autant de succès. Les invités les avaient poliment délaissées.

La route s'incline doucement et Fritz laisse filer les roues.

Non, maintenant, on ne manque de rien.

Le jardin est en fleurs, Fritz s'essaye aux pois. L'enfant grandit et s'embellit. Fritz croit au progrès, au Danemark de l'avenir. Un cauchemar a pris fin. Le Danemark est libre. La paix maintient sa prise sur le monde entier. Il trouve que tout autour de lui respire la lumière, la fertilité et la quiétude. Le fait que la situation s'envenime à nouveau à la maison, à Klaksvík sur l'île de Borðoy, le travaille tout de même un peu. Cette histoire embarrassante.

La plus grande ville de pêche des îles du Nord est à la radio, dans les journaux. Même le marchand laisse tomber sa main sur un exemplaire et fait une remarque.

Ces Féroïens. On se doute bien de ce qu'il veut dire.

Fritz s'empare du paquet de cigarettes et remercie d'un signe de tête. Il se dépêche de partir. Sur le pas de la porte, il manque de percuter le seul officier de police de la région, l'officier Morten. Fritz fait un pas de côté. Ses chaussures raclent un peu le seuil. Il sourit plus qu'il ne le voudrait. Les petits yeux bleus sont doux comme de la laine et un peu fuyants. Il s'en rend compte.

Le matin, une lettre était arrivée.

« Tiens, tiens, avait dit le postier. Ça doit venir de par chez vous. » Fritz avait lu la lettre.

Il avait ensuite tendu les pages avec leurs plis à Marita. Ragnar, qu'il soit béni, écrit comme il parle, d'un ton brusque et direct empreint du langage de Suðuroy.

Fritz repense à cette lettre, alors que les roues sifflent sous lui, et que les maisons tachetées de soleil défilent tout autour. Il pense à son propre danois d'école, qu'il écrit sans fautes, et dont il a toujours été fier. Il connaît aussi l'allemand et l'anglais, mais écrire en féroïen, il en est incapable. C'était comme ça, à l'époque, on apprenait seulement à écrire le danois. Ça ne l'a jamais gêné jusqu'ici. Il écrase les pédales et remarque à peine les jardins luxuriants de fleurs estivales.

Dans le salon, à la maison, l'enfant mâche un stylo.

Elle cogne son talon contre le pied d'une chaise. Son opulente chevelure noire balaie l'arithmétique de la journée. Elle est rapide, a l'esprit vif. Il se dit qu'elle peut devenir quelque chose. Quelque chose de solide.

L'eau des pommes de terre se fait sentir depuis la cuisine.

Fritz allume la radio.

C'est encore la même histoire.

Quelque six mois plus tôt, la direction de l'hôpital de Klaksvík voulait se débarrasser de son médecin en chef. C'était un nazi, et c'était là l'essentiel du problème.

On avait envoyé un nouveau médecin à la ville, et on avait supposé que le médecin nazi s'en irait en catimini, mais les choses ne s'étaient pas passées de cette façon. Un type sans vergogne, se dit Fritz. Il s'accrochait à sa place. Et les habitants de Klaksvík considéraient qu'il était l'un des leurs, ils ne voyaient pas pourquoi il devrait partir. On en était venu aux mains.

À Tórshavn, Lagtinget, l'autorité féroïenne, avait demandé de l'aide au Parlement danois. Le haut commissaire du Parlement danois en personne était venu accompagné de sa suite pour régler l'affaire. Ce qui avait suivi était tout de même assez drôle : le haut-commissaire avait été pourchassé à travers la ville par une horde de locaux en colère. Lui et sa délégation avaient dû se réfugier sur le bateau.

Mais l'incident avait ensuite pris de l'ampleur. Voilà que les Danois envoyaient un bateau chargé de cinquante caisses d'armes, cent vingt agents, six chiens de police et un véhicule de secours pour entourer l'homme de loi.

À Klaksvík, on avait immédiatement décroché les fusils des murs. Le port fut miné et entouré de barbelés. Qu'ils viennent, ces Danois, ces collabos, qui que ce soit.

Maintenant, ce n'était plus si drôle. Fritz se rongeait le cœur. Ceux de Klaksvík étaient dans l'erreur, tout bien considéré. Il y avait quelque chose d'embarrassant dans leur manière de se comporter, de puéril. De l'ingratitude, avait-il songé à ce moment-là sans que la pensée prenne tout à fait forme.

Ragnar esquissait la nouvelle donne en quelques phrases bourrues : après d'âpres négociations, la paix avait finalement été sécurisée à condition que le médecin nazi accepte de partir et de rester loin pendant un an. Après ça, il pourrait librement revenir. Même à l'hôpital. On estimait sans doute que la vie reprendrait paisiblement son cours. Que le nouveau médecin gagnerait la sympathie des gens de Klaksvík, que ces derniers oublieraient.

Maintenant, un an a passé. Ceux de Klaksvík n'ont rien oublié.

Le jour venu, un rassemblement populaire s'était formé pour demander la réinsertion du médecin nazi. Pour souligner le sérieux de l'affaire, le groupe avait passé à tabac la direction de l'hôpital. Ce n'est pas de cette façon que Ragnar le décrit : « Histoire que cette bande de jean-foutre et de généraux de comptoir comprenne une fois pour toutes ce qu'il en est. »

La position de Ragnar est claire. Mieux vaut un nazi seul qui gagne son pain que toute la bande de rougeauds pleins de soupe du Lagting et de la direction de l'hôpital réunis.

L'affaire n'affecte pas les frères de la même façon. Ragnar a son opinion, il l'exprime depuis la remise où il lit ses livres et écrit ses lettres sur un tabouret près du tour à bois.

Kalle-la-Guibole a les œuvres de Goethe et de Kierkegaard sur une étagère dans son petit atelier de cordonnerie. Il lit aussi Hölderlin. La rumeur sait bien qu'il était lui-même sur le quai, le fusil posé sur le genou. Le métal de l'arme et le bois de la jambe. Les canons creux. Fritz se le représente sans difficulté.

Arni est avec Kalle.

Et puis il y a Jegvan. Jegvan qui a navigué pendant la guerre. À travers la longue nuit criblée de mines. Jegvan qui est revenu, qui s'assoit maintenant avec le nez vers la porte, qui ne jure plus, et qui a de petits tremblements dans le cou.

Jegvan avait été loin tant que durait la guerre. Il était parti avec un navire de commerce danois quelque temps avant l'Occupation. Il faisait partie de ces équipages qui avaient refusé quand le gouvernement, dans un élan de pragmatisme, on peut le voir ainsi, avait rappelé tous les bateaux.

Fritz sait qu'il avait débarqué à Valparaíso pour rejoindre New York.

Il voit Jegvan sur le port. Derrière lui, la voûte nuageuse. Il le voit sur le pont, entouré d'hommes silencieux, des hommes ayant une lueur dans le regard. Ils serrent leurs bonnets contre leurs poitrines pendant que la quille se fraie un chemin à travers les débris du premier navire du convoi.

Les débris noirs flottent.

Du bois qui brûle et des hommes qui s'égosillent, des corps qui s'accrochent au bastingage avec ce qu'il leur reste de membres, un morceau de cuisse, un torse à moitié carbonisé, et des hommes qui ne s'égosillent pas, qui regardent en silence les autres là-haut, leurs bras se déplaçant d'une façon mécanique dans le courant.

Jegvan était revenu, mais il n'était pas resté longtemps. Il avait déménagé à Copenhague avec sa jeune épouse.

Fritz voit son frère. Le manche à balai dans son dos. Le calme forcé de ses mains.

Jegvan hait les nazis, mais il méprise le Parlement. Malgré cela, il est cacique jusqu'à l'os, syndicaliste pour Dieu, le Roi et la Patrie. Quand la conversation approche des histoires d'indépendance et de sécession, il se lève sans un mot et part.

Jegvan pense que les gens de Klaksvík jouent à la guerre.

Qu'ils devraient avoir honte.

La voix de la radio égrène ses mots. Fritz écoute sans écouter.

L'année suivant la Libération, au pays, on avait voté au sujet de l'indépendance. Fritz aurait aimé voter. Il aurait aimé savoir pour quoi voter. Il avait même demandé à Marita ce qu'elle en pensait.

Elle s'était levée de table et s'était placée derrière la chaise haute de l'enfant. Elle avait glissé ses doigts entre les côtes de l'enfant et ses bras boudinés, resserré doucement sa prise, puis soulevé les pieds et leurs chaussettes hors de la chaise.

Une fois l'enfant au sol, Marita s'était redressée.

« Tu sais ces choses-là mieux que moi, avait-elle dit. Viens. » Elle avait plié les genoux pour atteindre la main de l'enfant.

Mais une fois les votes comptés, quand la nouvelle de la sécession avait été annoncée à la radio, elle avait conclu : « Bien. »

Le fauteuil s'empare de Fritz. Il se laisse aller en arrière. La liberté n'avait pas duré, de toute façon. Il ne se souvient pas précisément du nombre de jours qui s'étaient écoulés avant que le roi dissolve Lagtinget, envoie un navire de guerre et organise un nouveau vote.

Un jeu de chaises musicales, se dit Fritz.

Il observe le salon autour de lui. Il voit sa fille mâchouiller un stylo. Ses joues douces et rosées. Dehors, dans le jardin, le pommier fredonne.

Une langueur s'élève alors en Fritz, un malaise qui ressemble au chagrin, une angoisse. Il ne connaît pas cette sensation, mais l'envisage ainsi : comme il aimerait se trouver sur le quai, à l'instant, dans l'air humide de Klaksvík, à monter la garde parmi les autres hommes.

Marita pose les assiettes sur la table. L'enfant attire des livres à elle.

C'est l'heure du repas.

Monsieur Sinclair

Les soixante-dix ans du papé avaient été fêtés en grande pompe. La maison au milieu des champs avait été vendue. Omma et le papé vivaient maintenant dans une petite bicoque à deux étages avec un jardin, dernière station avant la maison de retraite. C'était un quartier tout neuf aux maisons toutes identiques, l'un de ces lieux-dits portant un quelconque nom de fleur.

La salle des fêtes au bout de la rue avait été mise à contribution. Un bâtiment isolé de plain-pied, style béton cellulaire. Toute la famille vivant au Danemark était là, certains des autres étaient même venus en avion. Je portais mes belles sandales à talons. Il y avait des espaliers le long des murs de la grande salle. Des odeurs de magasin de bricolage et de sauce brune, et quelque chose d'autre, indéfinissable. Après-rasage, vin rouge, linoléum.

Le local adjacent rappelait un aquarium. De grandes fenêtres un peu grasses. Dehors, l'obscurité de l'automne.

Sur des chaises, le long des murs, des tantes râblées en tenues noires ou bariolées, aux alliances brillantes, des dames aux beaux bras joufflus et aux cheveux coiffés avec soin, dont les poignées de main cachaient des billets de vingt couronnes froissés.

Elles tapotaient les joues et se querellaient ouvertement en danois pour déterminer laquelle des cousines était devenue la plus jolie.

Nous mangions du rôti, des pommes de terre en sauce et des haricots verts. Le papé écoutait les intervenants, les yeux fermés. Tous ceux qui se levaient parlaient un *gøtudansk* lent et chantant.

Les pochettes-surprises pour les enfants restèrent sur la table jusqu'au dessert, au milieu des décorations florales d'omma.

Après le repas, les tables furent débarrassées et déplacées le long des espaliers. Le papé et quelques autres anciens se levèrent et se prirent par la main. Maintenant, nous allions danser.

Peu après, omma urina dans son pantalon. Les gens avaient commencé à se joindre à la chaîne de danseurs qui grandissait en cadence. Soudain, omma se fendit d'un grand rire coupable, debout au milieu de la piste. Elle en eut les larmes aux yeux. « Oups, oups », sanglotait-elle.

Ma mère s'avança entre la flaque et nous autres qui tâtonnions et nous trémoussions main dans la main. Elle saisit délicatement omma par le coude et la fit pivoter sur elle-même comme un derviche tourneur avant de la diriger vers la sortie.

Le papé continua de chanter.

La chaîne se mit en mouvement. Se resserra autour de lui en évitant la flaque sur le sol.

La cuisinière se planta résolument au beau milieu du tumulte pour nettoyer. Nous autres étions collés comme les anneaux d'un mille-pattes. Dès qu'elle eut terminé, elle disparut en emmenant la serpillière, et les anneaux s'espacèrent. Le sol fut presque entièrement occupé.

De temps à autre, quelqu'un se penchait dangereusement vers son voisin ou ratait un pas. Ceux qui avaient le rythme dans les jambes ou étaient encore sobres martelaient avec le plus d'ardeur. Le chœur des voix retentissait. *Debout avant le jour, ils survivront bien à la chaleur.* Je jappais tant et plus, et frappais le linoléum gluant de mes sandales.

Ce chant faisait partie de ceux que je connaissais à l'avance. Il était plutôt court, composé de seulement dix-neuf couplets. Le papé l'adorait, je l'adorais donc aussi. Nous chantions.

L'équipage écossais avait vu le jour pendant la guerre de Kalmar. Les Norvégiens et les Féroïens avaient chanté sa gloire depuis ce moment.

Ils avaient gagné. Si ce n'était la guerre, au moins la bataille.

Le capitaine Sinclair vient d'Écosse avec son armée de mercenaires pour servir le roi de Suède. Leur voyage les emmène vers la Norvège. Pour Sinclair, ce n'est rien de nouveau. Le paysage ressemble à celui qu'il a toujours connu. La guerre est la même partout. La mort est la mort, l'argent doit revenir au pays.

Mais, avant d'en arriver là, dès le troisième couplet, il rencontre la sirène. La lune brille dans la nuit pâle, l'onde doucement tremble ; une sirène surgit de l'eau, et lui intime :

« Retourne-toi, retourne-toi, toi l'Écossais ! Il en va de ta vie, si jusqu'en Norvège tu vas, je ne dis que la vérité, jamais tu ne reviendras ! » *Debout avant le jour, ils survivront bien à la chaleur.*

« Hideuse est ta chanson, vilain troll ! », répond le capitaine, comme il pourrait lui dire de foutre le camp, et « je te ferai couper en morceaux ! ». Puis on chante à nouveau le refrain : *Debout avant le jour, ils survivront bien à la chaleur.*

L'armée de mercenaires écossais garde le cap vers Romsdalsfjord, et le capitaine Sinclair accoste à Åndalsnes, la lance au vent. Voilà qu'ils font rage en Norvège, faisant couler le sang des femmes, des enfants, des anciens. Voilà ce que nous chantions. Bah, me dis-je – *la guerre*, mais alors les paysans prennent les armes. Des haches de bûcheron. Des carabines rouillées.

« Le fusil n'est plus sur le mur », braillions-nous en piétinant le sol à en faire trembler la vaisselle sur les nappes jaunes le long des murs. En avant, en avant vers la mort tout à fait décevante du capitaine dans le quinzième couplet. Elle survient près d'une rivière appelée Laagen.

C'est là qu'un rassemblement de fermiers locaux parvient à lui tendre une embuscade.

La première munition tirée vient se loger dans le front du capitaine. Il se tient là, sur la rive, raide et en sang, tout en obsession morbide, et pour un instant supplémentaire il croit dur comme fer à son succès et à sa récompense. Puis le système vacille, la blessure tue, le carnaval commence.

Le capitaine crie comme un cochon qu'on égorge et s'effondre. Le chant compte encore quatre couplets. Maintenant qu'il est mort, la suite le boudera, le final ne sera pas le sien.

Les Écossais aimeraient rentrer chez eux, mais il en va autrement. Ils se font piétiner. *Debout avant le jour, ils survivront bien à la chaleur.*

Un massacre en cadence.

Le sang coule à flots. Les corbeaux dégustent les baies rouillées.

Le long de Laagen, il y a des chants et des becs qui claquent fort, l'eau est rouge comme lors d'un *grind*, et les paysans exultent. C'est une véritable usine à veuves. « Pas un ne reviendra vivant », chantons-nous en chœur, puis vient le dernier couplet :

Un mémorial se dresse tête haute en ce lieu
Que les ennemis du royaume de Norvège menacent
Malheur au Norvégien qui ne ressent nulle chaleur
Quand ses yeux se posent dessus

Voilà ce que chantait mon ardent papé, il chantait la pierre commémorative qu'il n'avait jamais vue de ses yeux mais que pourtant, à cet instant, il *voyait.* Il chante, il danse, il s'abandonne.

Il avait le même regard, les yeux au ciel, écarquillés, que lorsqu'il parlait de la crise de Klaksvík, de la façon dont le peuple tout entier des îles s'était dressé contre les tyrans. Ou lorsqu'il lisait le chapitre dans lequel Ulysse chasse les prétendants de chez lui. Quand il passait devant moi dans la chaîne, je voyais la façon dont ses coudes bondissaient avec force. À cet instant, il n'était plus le papé, ni le professeur d'école, ni le social-démocrate. Il était ça. Il était chez lui.

Le lendemain matin, lui et omma nous avaient salués de la main depuis le seuil de la porte. Deux corps anciens sur lesquels les vêtements pendaient.

L'allée était bordée de jeunes cerisiers. Durant la période de chute des fruits, les baies frayaient avec le gravier, tachetant le blanc de salive sanglante. Le gravier des autres maisons était noir. Le papé n'était pas avare, même s'il était incapable de se séparer du moindre clou tordu. Il payait volontiers un supplément pour un plus beau gravier.

J'étais en colère contre eux, tous les deux.

Omma parce qu'elle avait oupsé. Le papé parce qu'il s'était contenté de chanter.

Je pensais à la prédiction de la sirène, du moins elle trottait dans ma tête. Son *retourne-toi, retourne-toi*. Mes pieds écrasaient le tapis de caoutchouc pendant que la Tarentule faisait marche arrière et s'arrêtait un instant pour que nous puissions répondre aux saluts.

Quelques années plus tard, quand le papé fixait le sol de la maison de retraite d'omma d'un œil perdu, hagard, pendant qu'une petite bonne femme était emmenée ailleurs par le coude, la pensée me revint.

Celui qui s'est noyé ne peut pas mentir. Une sirène ne ment jamais. Elle dit *retourne-toi*, *retourne-toi*, elle dit tourne et tourne, elle rit. C'est son essence même, elle n'a aucune influence sur l'issue, elle n'est que le souffleur. Elle n'a pas d'autre fonction que celle-ci. Rire et montrer du doigt. La langueur est hors de propos, et la sirène le sait.

Elle rit et montre du doigt.

Mais ce matin-là, après l'anniversaire du papé, le soleil brillait sur le visage d'omma. Ses longs cheveux fins formaient des vagues immaculées. Elle avait boutonné son cardigan dimanche avec lundi. Elle riait et pleurait en agitant la main. Je répondis par la lunette arrière, tout en essayant de voir autre chose que sa bouche ouverte, avachie, la salive aux commissures des lèvres. Quelque chose avait disparu en elle. Plus tard, elle avait disparu entièrement.

La station d'écoute

C'était la Tarentule qui l'avait mentionné. Ragnar avait fait son temps dans la montagne Skúvanes pendant la guerre froide.

C'était la nuit, et nous étions devant la fenêtre de la cuisine de tante Ása.

Je ris jusqu'à en avoir des crampes au niveau des lombaires. Inspirai la fumée et toussai. La Tarentule m'intima le silence en me tapotant le dos. Le fou rire m'échappait en sursauts jaunâtres, je ne pouvais plus m'arrêter. L'idée seule de l'avoir envoyé là-haut, lui ! Et plusieurs fois, même après la guerre. Ragnar le Rouge, valsant vers la station radio à la rencontre des agents du Renseignement qui surveillaient les communistes.

La station LORAN de Skúvanes était la pièce maîtresse d'une chaîne d'antennes de surveillance s'étirant de l'Islande jusqu'aux Hébrides.

Pendant la guerre, elle avait été pilotée par la Royal Air Force. Ils restaient là à écouter. À la fin du conflit, quand les Anglais étaient repartis, la marine danoise avait pris leur place. L'écoute avait continué. Ensuite, le service des phares avait utilisé l'endroit. Dans les années soixante-dix, un peu avant que la station ne soit fermée, elle n'abritait plus que des Féroïens. Aujourd'hui, les moutons sont les seuls à la visiter. Des mouettes nichent à quelque distance.

Les Américains avaient pourtant fait tout leur possible pour mettre un pied sur les Îles Féroé pendant la guerre froide. Le Danemark avait fini par céder, mais avant ça, la CIA avait dû recourir à des méthodes plus indirectes. Pendant une période, les îles grouillaient donc d'informateurs. Peut-être que ça ne grouillait pas tant que ça, mais ils avaient écrit une quantité surprenante de rapports secrets qui avaient depuis été rendus publics par l'ambassade américaine de Copenhague. L'un de ces rapports s'était fait une place. Le peuple féroïen est par nature têtu, disait-il. Lunatique et extrémiste.

Je voulais rire de tous ces informateurs et de tous ces hommes tendant l'oreille, pas seulement sur Skúvanes, mais dans toutes les stations similaires égrenées dans l'Atlantique Nord, balayées par les vents, ce grand filet prêt à capturer des Russes qui n'étaient jamais venus.

« Bon sang, éructai-je, comment est-ce qu'on l'a laissé aller là-haut ? »

La Tarentule coinça son clope entre ses lèvres et rit.

« C'était quand Arni y était posté. »

Je me souvins alors que je le savais déjà. Arni, ses joues rouges et sa jambe fluette. Dans mon enfance, il pouvait encore marcher à l'aide d'une canne, et je me souvenais de sa démarche. La façon dont sa hanche avançait en ligne droite à chaque pas, donnant l'impression qu'il se tortillait quand il soulevait la jambe raide.

Arni était né comme une idée mûrement réfléchie. Il était bien plus jeune que ses frères. Durant sa jeunesse, il avait été l'un des meilleurs footballeurs de Suðuroy. Kalle-la-Guibole, en particulier après avoir acquis son surnom, était le plus grand fan de son petit frère.

La Tarentule jeta un coup d'œil vers la fenêtre de la cuisine. Il se rapprocha et chuchota la suite pour mes oreilles seulement : le football féroïen était apparenté à sa version australienne en ceci que les tacles étaient plus valorisés que les buts marqués. Que la raison en était sans doute météorologique. Il fallait bien que les joueurs trouvent une façon de conserver la chaleur quand le vent emportait le ballon dans la montagne, et c'est pourquoi ils avaient tendance à se crêper le chignon à la moindre occasion. Ce qui, nous étions d'accord là-dessus, pouvait également expliquer les performances modestes en terrain plat des équipes féroïennes. Je pouffai de rire. La Tarentule pouffa de rire.

Arni jouait chez VB Vágur, qui avait depuis été fusionné avec le club sportif de Sumba pour former le FC Suðuroy. Ce nom donne la fausse impression que le club est le seul de Suðuroy, tout en soulignant que c'est l'un des meilleurs. C'était le papé qui m'avait raconté ça, une fois. Que le FC Suðuroy n'ait jamais gagné la médaille d'or de la première division s'expliquait selon lui par le fait que le HB Tórshavn avait l'arbitre dans la poche, et que cette absence de fiabilité était héritée d'un arbitre à l'autre.

À l'exception du HB Tórshavn, qui gagnait plus ou moins chaque fois, le KÍ Klaksvík était le club qui remportait le plus de victoires dans la première division. À ce sujet, le papé pensait que la nature combative des habitants de Klaksvík était indéniable. Dans ce domaine également. Je chuchotai ces paroles à la Tarentule. Il connaissait la chanson et acquiesça vivement. Le foyer de sa cigarette dessina un motif mouvant dans le crépuscule.

« Et est-ce que tu te souviens, dis-je, tant que nous y étions, de cette histoire comme quoi ils prenaient sa jambe de bois à Kalle quand il se comportait de façon un peu trop folle aux fêtes ?

— Orf. » Les contours solides de la Tarentule étaient comme une terre ferme dans l'obscurité. « Une fois, il s'est rendu si populaire qu'ils ont balancé la jambe dans une fosse septique. »

Avec le temps, Arni et Kalle-la-Guibole avaient eu autre chose en commun que le football. Au début des années cinquante, la dernière grande épidémie de polio rampa à travers le royaume jusqu'à Suðuroy. Arni avait été contaminé. La paralysie avait touché sa jambe gauche. C'en était fini du football.

« Après ça, il ne pouvait pas non plus travailler sur un bateau, dit la Tarentule. Mais d'une façon ou d'une autre, il a réussi à dégoter un job en tant que technicien à la station d'écoute.

— Pauvre Arni. »

Comment il faisait pour escalader les deux cents mètres de montagne jusqu'à la station, nous n'en avions aucune idée. Peut-être qu'il se faisait conduire. L'essentiel étant qu'il s'était fait une place là-haut et qu'il recevait de temps à autre la visite de Ragnar. Nous eûmes un autre rire.

Puis il jeta le mégot de la cigarette et nous rentrâmes.

Ma chambre dans la cave était baignée d'un noir d'encre.

J'entendis ma mère et la Tarentule se mettre au lit, puis le silence se fit.

J'étais allongée sur le dos, fixant l'obscurité somnolente.

La station radio de Skúvanes avait été construite en 1943. Ragnar s'y était sans doute rendu pendant la guerre. Je pensais à sa tendresse pour le monde. Je me l'imaginais là, dans l'oreille de la guerre. Il était là-haut, écoutant la mer qui brûlait. Lié à tout, et impuissant. Le vide dans ses mains désarmées.

La mouette de Beate

Ragnar le Rouge était amusical. Il ne chantait jamais, pas même quand il avait bu. Mais Beate, elle, pouvait chanter. Sa chanson préférée était *Mallebro*, qui évoquait le duc de Marlborough n'étant jamais revenu de guerre.

Malle tom tom tom, fait le refrain, comme un tambour de guerre.

Beate était très belle, même à un âge avancé. Je me souviens d'elle ainsi qu'elle était dans mon enfance. Son long cou d'albâtre et ses cheveux plus blancs encore.

À cette époque, elle vivait seule dans la petite maison couleur pistache. Elle servait un café noir de jais accompagné de morceaux de sucre que j'aimais suçoter. Elle fredonnait. Les tons s'accordaient à ses bras légers en manches à fleurs qui flottaient dans les airs avec une tasse ou une assiette de gâteaux.

Dehors, sur un poteau de clôture près de la porte verte, vivait la mouette de Beate.

La mouette s'était installée chez elle l'hiver suivant la mort de Ragnar.

Il s'était endormi pour la dernière fois pendant l'automne.

Beate était restée seule avec la radio et la porcelaine fleurie. Avec les livres de Ragnar et le schnaps. Tout au long de l'hiver, ses mains blanches étaient restées jointes sur ses jambes, ne bougeant que pour s'emparer de la bouteille.

L'hiver furieux avait empiété sur le printemps. Les tempêtes s'invitaient l'une après l'autre dans le fjord. L'eau battait les granges à bateaux sur le quai, et plusieurs maisons récentes avaient été écrasées comme des briques de lait vides.

Un matin, deux météorologues norvégiens étaient passés à un cheveu d'être broyés par l'abri de bus, qui planait dans les airs avant de venir se planter dans la pelouse du club sportif.

Alors que l'hiver semblait ne jamais devoir se terminer, un soir rougeoyant, la mouette vint se poser sur le toit de Beate. Elle se cramponnait de toutes ses forces au pignon, son bec entaillant sans relâche les bourrasques. Puis ce fut comme si le printemps prenait enfin le dessus.

La mouette s'était considérée chez elle. Elle avait pris l'habitude de venir toquer à la fenêtre au petit matin. Beate n'était pas spécialement dévote, mais bien plus tard, elle avait dit ceci : la première fois que la mouette avait frappé, elle avait compris que le moment était venu. Il fallait sortir les ordures et secouer les draps, car personne ne peut vivre dans le deuil pour toujours.

La mouette avait bénéficié d'une bonne situation. Beate lui avait confectionné une sorte de petite terrasse personnelle en fixant un vieux récipient en terre cuite sur le poteau près de l'entrée. C'est là qu'elle lui servait chaque matin des restes de repas et du lait. Lors des occasions spéciales, quand Beate se cuisinait par exemple des tartines au lard, la mouette y avait droit aussi.

Beate recommença à chanter. Elle laissait la fenêtre ouverte.

On racontait des choses au sujet de la mouette de Beate. Elle ne s'envolait pas quand les gens passaient, elle les fixait d'un œil farouche ou malicieux selon leurs caractères. Peut-être est-ce vrai qu'elle transperçait en particulier de son regard les dépositaires de l'autorité ou les rédempteurs, personne ne peut le dire avec certitude. Mais, dans mon enfance, sa place chez Beate était indubitable, et je peux témoigner de son allure de vieil homme trapu et de son abondant plastron dans lequel s'enfonçait son bec par temps venteux.

Et quand, une fois par an, elle s'envolait pour rejoindre la grand-messe des mouettes sur Skúvanes, elle ne manquait pas qu'à Beate. Les îles rivalisaient d'échos au sujet de l'étrange assemblée que constituaient la mouette, le troll et Beate.

Au fur et à mesure qu'elle retrouvait la joie de vivre, sa peau perdit sa couleur. Ce n'était pas quelque chose que l'on évoquait. Elle n'était de toute façon plus toute jeune. Mais les années passaient, et vint le moment où elle fut toute blanche. Ce sera sans doute mon tour avant celui de la mouette, disait-elle.

Ragnar et Beate avaient un fils qui s'était marié et était devenu chef machiniste sur une plate-forme pétrolière au large de l'Angola. Et si Ragnar n'avait jamais cessé de grommeler sur le fait de vendre sa force de travail à ce genre de boutique, il n'en était pas moins fier de son fils.

Beate était déjà seule quand le chef machiniste avait disparu. *Malle tom tom tom*, chantait la masse de ferraille en fond sonore quand la nouvelle vint par téléphone satellite.

L'enquête démontra qu'il était sur la plate-forme un soir et introuvable le lendemain matin. Et c'était tout. On parla d'un accident, on spécula au sujet de drogue, d'alcool et de contrebande. Peut-être qu'il avait ouvert la mauvaise porte au mauvais moment. Tant de choses pouvaient disparaître dans les vagues de l'Atlantique lors d'une nuit sourde et aveugle. Il y avait aussi la possibilité qu'il eût déserté son poste pour une raison inconnue. Au pays, on n'avait que les rumeurs et les spéculations personnelles.

Le temps de l'oreille était venu.

Beate écoutait la radio, et elle écoutait à la porte.

Le soir, elle posait sa joue contre le plastique froid et taciturne du téléphone. L'épouse du chef machiniste, elle aussi, tendait l'oreille vers les marches de l'escalier, vers le plancher du couloir. Elle écoutait dans son sommeil. Une nuit, la porte de la chambre pourrait s'ouvrir. Il pourrait soudain se trouver là, sur le seuil, le cou bleu et des algues dans les cheveux. Mais elle eut beau écouter tant et plus, il ne dit jamais un mot.

Durant le temps de l'oreille, on voyait souvent Beate dehors près du poteau de la clôture. Elle échangeait des murmures avec la mouette et tendait sa main blanche vers la mer, par-delà le fjord. Elles restaient là, toutes les deux, ensemble. La mouette avec le bec fourré dans les plumes de son poitrail, Beate avec un châle autour des épaules, reposant le coude contre le bois du portique.

Une année passa. L'épouse du chef machiniste reçut l'acte de décès par la poste. On organisa des funérailles. Grise et silencieuse, Beate emboîta le pas à la veuve du chef machiniste. *Malle tom tom tom*, faisaient les pas autour du cercueil.

Une fois la veillée passée, Beate retourna seule chez elle. Elle alla chercher la scie dans la remise et se jeta sur l'abri de la mouette. Elle détacha la terre cuite du poteau et l'envoya de toutes ses forces contre le mur, puis elle laissa les morceaux là où ils étaient. Quelque temps plus tard, elle vendit la maison et s'installa à la maison de retraite sur le flanc de la montagne, là où il y avait vue sur la mer.

Ce qu'il advint de la mouette, il est difficile de le dire avec certitude. Quand elle n'était pas sur sa terrasse, elle n'était qu'une mouette parmi les mouettes.

Lors de notre dernière nuit à Vágur, j'étais allongée dans la chambre du sous-sol, dans le silence. J'écrivais des poèmes à la mouette de Beate. Peut-être que je dormais. Ragnar et Beate faisaient partie de moi comme des organes dont je ne comprenais pas la fonction. J'aimais à croire qu'ils s'étaient réconciliés, qu'à la toute fin Beate lui avait pardonné la mort.

Je l'imaginais en train d'écouter, là-haut dans la maison de retraite. Elle écoute pendant que son entourage trouve le sommeil. Ses délicates mains blanches dorment comme des renards des neiges sur ses genoux. Le bec jacasse sans un bruit. Les yeux se sont faits tout petits et noirs de nostalgie. Dans la maison de retraite, loin au-dessus des plaines herbeuses et de l'eau grise du lac, oui, c'est là qu'elle se trouve. Et sa fenêtre est grande et large comme un portail menant hors du temps.

Là-dehors, les mouettes naviguent sur les courants d'air.

Le soir, un soir de mai, un peu de lumière s'attarde dans le bleu qui tombe. Maintenant, tout est calme, maintenant elle se lève. Elle plie la couverture. Elle laisse tomber sa robe de chambre. Nue et tachetée de gris, elle traverse la chambre, ouvre la fenêtre et monte sur le cadre. L'air empoigne les plumes de poitrine moelleuses. La tête renversée en arrière, le bec grand ouvert, elle laisse échapper un long cri grinçant vers la vallée. De Skúvanes, j'aime tant à le croire, lui vient une réponse.

Mykines

On croyait autrefois qu'il existait des îles flottantes dans la mer autour des Féroé, racontait le papé. Nous étions sur le quai, avec chacun son fil de pêche. C'était l'enfance, ou bien c'était le mois d'août vert bouteille, ou n'importe quel autre été où nous étions retournés au pays. Le papé n'hésitait pas à raconter une bonne histoire plus d'une fois.

Disons que c'était pendant mon enfance, disons l'été où nous habitions dans la maison blanche.

En tout cas, c'était à Sørvágur.

Le petit port. Un coin doux du village. Il y avait une pizzeria, ou peut-être une épicerie ? Quelques remises abritant du matériel. Derrière, de la verdure en pente douce. D'un côté, on voit les maisons du village qui s'étirent vers le haut. La plage grise et plate.

De l'autre, le village s'ouvre sur la mer.

Nous utilisions de la viande périmée comme appât.

J'enfonçai l'hameçon dedans et jetai rapidement le tout à l'eau. L'odeur collait à mes doigts.

« D'où est-ce qu'elles venaient ? », demandai-je.

Le papé plia un peu les genoux. Fixa son appât et lança le fil. Puis il répondit qu'il y avait plus d'une réponse à cette question.

Svínoy, par exemple. Autrefois, c'était une île flottante. Il ne pouvait pas dire d'où elle venait, mais elle se cachait dans les profondeurs durant le jour. Chaque nuit, elle crevait la surface, et avec un peu de chance on pouvait la voir : l'île surgissant vers le ciel, de nulle part, l'eau dégoulinant sur elle.

Une fois, un paysan avait voulu la capturer. On avait attaché un trousseau de clefs à la queue d'une truie qui nageait, et quand la truie avait nagé vers l'île, on l'avait suivie en bateau. C'était la nuit, et il y avait du brouillard. La truie monta sur l'île en se dandinant, et c'est ainsi que l'île avait été fixée à sa place.

Le fer, expliqua le papé. Si l'on amenait

du fer ou de l'acier sur une île flottante, cela pouvait l'ancrer dans les fonds marins, n'importe quel genre de fer. Même une simple clef, à condition de la lancer et de toucher juste.

Il y avait là quelque chose, je l'entendais à sa façon de parler.

Un lasso autour d'un pays voyageur.

Nombre des petites îles qu'on voyait depuis les côtes ou depuis le bateau étaient venues en flottant, à ce qu'on disait, longtemps après la fondation des premiers villages. Pour la plupart d'entre elles, ça s'était passé de la même façon que pour Svínoy. Maintenant, elle ne pouvait plus ni flotter ni plonger.

Maintenant, elle n'était plus qu'une partie de la terre, pensai-je.

Le papé continua. Il y avait aussi un géant qui avait longtemps déplacé différentes petites îles parce qu'il voulait les rassembler en une île plus grande. Il avait son œil sur l'une de celles qui étaient habitées, mais quand le peuple de l'île lui avait dit qu'elle avait appartenu à un petit veau, le géant se ravisa. Il se dit que tout cela était trop de petitesses et laissa l'île en paix.

Je distinguai un veau devant moi. Un veau avec la couronne d'un roi.

Le papé remarqua sans doute que je ne suivais pas tout à fait.

Une voiture rouge emprunta la route de l'autre côté du fjord. Elle rampait dans l'ombre de la montagne comme une petite bestiole.

Certaines îles se contentaient de passer, reprit-il néanmoins. Elles venaient de la mer. D'autres avaient un circuit, elles étaient comme des oiseaux migrateurs revenant toujours au même endroit. Elles portaient d'immenses richesses, des cascades d'argent pur et des troupeaux de cochons bien gras, leurs montagnes couvertes de bruyères brillaient dans le soleil du soir à vous en faire pleurer. Elles pouvaient scintiller comme du cristal ou être vêtues de douces forêts. Tout ce qu'un regard pourrait vouloir contempler.

Je tirai sur le fil.

« Pas si fort. »

Plus doucement, il ajouta : « Et est-ce que tu savais que Mykines aussi était une île flottante ? »

Je me réveillai immédiatement. L'île était juste là, un peu plus loin. D'où nous étions, elle était cachée par l'anse verte du fjord, mais elle était visible depuis le village et depuis la maison blanche. Une île de dessin animé. Une île de King Kong avec un chapeau de nuages. Si proche que l'on pouvait lancer une balle vers le ciel et la voir disparaître dans la couche nuageuse, ou du moins c'était l'impression qu'on avait, et pourtant je n'y étais jamais allée.

« Mykines n'est jamais mentionnée dans la Saga des Féroïens. Ta omma dirait qu'il y a une bonne raison à cela. »

Oui, ce doit être dans mon enfance. Le papé avait arrêté de parler d'omma quand nous l'avions enterrée. Peut-être qu'il parlait toujours d'elle à d'autres, mais jamais à moi. Son si-ce-n'était avait pris fin, n'était restée que la pudeur.

À ce moment, je ne savais rien de la Saga des Féroïens. Je ne connaissais même pas son existence. Mais le papé pensait que je devrais, et ainsi soit-il. Nous étions là, les genoux un peu pliés, tirant sur nos fils, lentement, vers le cœur, et nous étions d'accord que les choses en étaient ainsi dans la Saga, et qu'il devait y avoir une bonne raison.

« Elles étaient comment, les choses, déjà ? », demandai-je.

Le papé fit preuve de compassion. Le fait est que, quand la Saga des Féroïens avait été consignée, à l'époque où le Nord se christianisait, Mykines ne se trouvait pas à l'entrée du fjord de Sørvágur. L'île migrait sans répit, sans point d'attache, jusqu'au jour où elle avait pris racine là où elle était aujourd'hui. Les avis étaient partagés sur la façon dont cela s'était produit. D'aucuns affirmaient qu'un pêcheur avait jeté une bouse de taureau à terre un jour où l'île passait devant lui, surgissant de la brume. Que ce qui l'avait liée, comme c'est souvent le cas, c'était un tas de merde. D'autres privilégiaient une hypothèse moins fécale selon laquelle un géant passait par là, traînant l'île derrière lui, et s'arrêta pour se reposer dans le fjord. Au moment de repartir, il n'avait plus eu le courage de l'emporter plus avant. D'autres encore, comme omma, prétendaient que l'île n'était pas du tout liée, seulement endormie, ou qu'elle faisait semblant.

« Pourquoi est-ce qu'elle ferait ça ?
— Ta omma dirait qu'elle attend.
— Qu'est-ce qu'elle attend ?
— Ça, ta omma ne le dirait pas. »

Le papé était mort dans son bain.

La bouteille qui l'entourait n'était plus, et il avait fini par dériver au loin. C'était comme ça que je voyais les choses. Ils avaient appelé ma mère. C'était son aide à domicile qui l'avait trouvé. La serviette était suspendue à proximité, les vêtements soigneusement pliés et prêts à être enfilés. Sa joue bleue reposait à présent dans le sous-sol de l'hôpital. Son visage légèrement abîmé par l'eau.

Ses mains semblaient bien grandes sur le linceul. Nous étions là tous les trois. La Tarentule fit ses adieux et me poussa dans le dos avec une infinie douceur, vers la porte. Ma mère resta immobile.

Quand elle sortit, je retournai à l'intérieur et fermai la porte derrière moi. C'était une grande salle au sol gris, éclairée par cette froide lumière d'hôpital. Le papé reposait sur une table à roulettes. Je cherchai une chaise du regard, puis il m'apparut plus juste de rester debout.

Je lui montrai le livre avant de commencer à lire.

« Quand vint le soir, le lit conjugal avait été préparé pour eux, commençai-je à lire à voix haute, et ils reposèrent côte à côte comme ils l'avaient fait autrefois. Mais ils ne s'endormirent que bien plus tard, car il devait raconter à son épouse tout ce qu'il avait vécu. Les Cicones, les Lotophages, Polyphème le Cyclope, Éole et les vents dans le sac, les Lestrygons qui avaient détruit ses nefs, Circé et ses pouvoirs mystiques, les Enfers, Charybde et Scylla, les troupeaux d'Hélios et l'île de Calypso où il avait été retenu si longtemps. »

Ma voix résonnait d'une façon plate dans la grande pièce, comme fausse. Je me sentais pitoyable. Je lus pourtant la suite, comment il avait fini par s'échouer chez les Phéaciens qui l'avaient bien accueilli et ramené à Ithaque. Il sombra enfin dans le sommeil.

Je pensais à Ithaque, l'île de la fin. Pas cette fois-là, j'y pensais maintenant. J'étais au fond du fjord de Sørvágur, le village dans le dos, le regard tourné vers Mykines. Mes semelles s'enfonçaient dans le sable humide. L'eau allait et venait non loin de mes orteils. La plage grise, lisse, bordée de touches de vert le long des rives du fjord. Il nous restait une heure avant que la voiture de location ne nous emmène jusqu'à l'avion. Ma mère et la Tarentule se baladaient dans le village. J'avais suivi la rivière jusqu'ici.

Le soleil, juste au-dessus de Mykines, parait les brisants de crinoline blanche. Au loin, les crêtes des vagues n'étaient que rubans effilochés, mais plus près, je le savais, elles étaient capables d'être fourbes, ne laissant les bateaux accoster que par temps clair.

À chaque fois que nous avions tenté d'aller à Mykines, quelque chose s'était mis en travers de notre chemin. Le courant sautait. Le temps se couvrait. L'hélicoptère faisait la grève.

Ma omma soutenait dur comme fer que Mykines s'échappait de temps à autre, profitant d'un instant d'inattention, d'une nuit de tempête, d'un matin d'hiver noir comme jais. Elle faisait un tour. Elle l'avait raconté au papé, qui me l'avait raconté. Et puis il y avait cette autre chose qu'elle disait, que l'île attendait. Même si elle pouvait partir, elle restait à sa place parce qu'elle attendait quelque chose.

Je pensais à la langueur du papé, et là, pour la première fois, je pensais aussi à celle d'omma.

La Tarentule siffla.

Je me retournai et les vis tous les deux, plus loin sur la route. Mon père, un bras levé et l'autre autour de ma mère. Quand je me mis à marcher, ils se dirigèrent vers la voiture.

Le papé m'avait raconté une fois que la station d'écoute de Skúvanes avait des mâts si hauts qu'ils dominaient les nuages. Enfant, je les imaginais comme les antennes de la montagne. À cet instant, je me rendis compte que l'idée était idiote. Les montagnes écoutent avec leurs pieds. Loin sous la mer, toutes les terres se rencontrent. C'est là qu'ont lieu les dialogues murmurants des plaques tectoniques.

Marita écoute l'herbe. Elle tintinnabule. Un chuchotis bienheureux. Marita est une petite fille, elle a à peine douze ans. Tórshavn est l'endroit le plus éloigné de chez elle où elle soit allée. Dans l'heure frisée qui précède l'aube, elle a couru jusqu'à la plage, et elle se tient maintenant au milieu des fleurs de pommes de terre et observe les jambes rouges des pies de mer qui se reflètent dans les eaux peu profondes. La lumière carillonne depuis la mer, elle ne l'a jamais vue si délicate, comme de la dentelle autour d'un cou de porcelaine violette. Les moutons dorment, et derrière elle le village dort aussi. Sur la mer, Mykines navigue, l'île s'approche, accompagnée par la lumière, majestueuse et silencieuse, une colossale mariée qui jette son voile blanc aux brisants. Marita éclate de rire. Une joie sucrée comme la chair d'une pomme, des picotements dans les jambes, il faut qu'elle coure, elle court, et les pies de mer s'élancent, ses bras s'envolent dans l'air étincelant – île, où étais-tu ? Elle s'arrête, l'eau embrasse ses chevilles, et elle rit, jusqu'à manquer de souffle, tandis que Mykines vient se placer précisément où Mykines se trouve, au bout du fjord de Sørvágur. Elle vit maintenant dans l'œil.

NOTE

Mes propres grands-parents étaient heureusement de vraies personnes et non des personnages de roman, louée soit leur mémoire.

Merci à vous, dont le foyer m'a donné un foyer, Lis, Marjun, Ásgerð, aunty Joan, Johanna ainsi que Liv. Merci à Annika, Lene W. et Marianna.

TABLE

Cet ouvrage a été achevé d'imprimer
par CPI Firmin-Didot au Mesnil-sur-l'Estrée
pour le compte des éditions Grasset
en février 2020.

Mise en pages
PCA 44400 Rezé

N° d'édition : 21449 – N° d'impression : 157186
Dépôt légal : mars 2020
Imprimé en France